외투

외투

THE GREATCOAT

HELEN DUNMORE 헬렌 던모어 장편소설 | 윤미나 옮김

문학동네

일러두기

1. 주석은 모두 옮긴이주다.
2. 본문 중 고딕체는 원서에서 이탤릭으로 강조한 부분이다.

제인을 위하여

차례

프롤로그

여섯시 삼십분이었다. 작전 지시 후 두 시간 반이 지났다. 대원들은 탈의실 밖에 서서 계류장에 있는 비행기까지 타고 갈 버스를 기다리고 있었다. 하루종일 드문드문 비가 내렸다. 이스트라이딩 지방에 흔히 내리는 차가운 겨울비였다. 세시부터 구름이 낮게 깔리더니 나무 우듬지를 가렸다. 보아하니 작전이 또 취소될 것 같았다. 그런데 그때 가녀린 한줄기 바람이 불어와 안개를 몰아냈다. 그들은 출격할 것이다. 대도시로 날아갈 것이다.

아까 탈의실에서 알렉은 지미에게 10실링짜리 지폐를 주었다. 지미는 멍하니 그 돈을 바라보았다.

"뭐예요, 기장?"

"내기에 이겼잖아. 기억 안 나?"

지미는 지폐를 접어서 소지품이 들어 있는 사물함에 살며시 밀어넣었다. 다른 때 같으면 내기에서 딴 돈을 안전하게 알렉한테 맡겼을 것이다. 안 그러면 술 마시는 데 써버릴 테니까. 이제 10실링짜리 지폐는 그가 필에게 쓴 편지와 함께 고이 모셔졌다. 여러 해 묵은 듯한 그 편지는 실은 몇 달 전, 부대가 첫 작전을 나가기 전에 쓴 것이었다. 일이 닥쳤을 때 아내가 읽고 간직할 만한 편지가 아니었다. 그는 무슨 말을 써야 할지 알 수 없었다. 아마도 다른 편지, 아내와 아이가 자랑스러워할 번듯한 편지를 써야 마땅했겠지만 그럴 재주가 없었다.

"더럽게 운좋은 새끼," 두기가 말했다. "나라면 180미터를 가라고 했을 거야."

"제가 생각해도 조종을 더럽게 잘했어요." 지미가 말했다. 그는 스물두 살밖에 안 되었지만 아내와 아기가 있었다. 그리고 10실링은 10실링대로 있었다. 그는 자전거 핸들에 여성 보조대원 한 명, 핸들과 안장을 잇는 가로대에 한 명, 뒷자리에 또 한 명을 태우고 직선으로 90미터를 가는 데 성공했다. 그래서 내기에 이겼다. 균형잡기가 관건이었지만 안개 때문에 비행이 취소된 이틀간의 집중훈련이 효과가 있었다.

"말이야 바른 말이지." 알렉이 말했다.

지미와 레스는 머리를 맞대고 담뱃불을 붙였다. 알렉 옆에 있는 레이니는 〈독일, 가장 빼어난 독일이여〉* 곡조에 맞춰 나지막하게 으르렁거리기 시작했다.

죽으러 가기는 정말 싫은데
진짜로 그러긴 싫어
죽으러 가기는 정말 싫은데
어차피 뒈질 테……

다들 아무 반응이 없었다. 버스에 타기 전에 레이니가 항상 하는 짓이었다. 이제 버스들이 멈춰 섰고 으스스한 어둠 속에 대원들의 이름이 울려퍼졌다. 알렉은 언제나 그렇듯 뱃속이 타들어가는 것 같았다. 물론 K-케이티에 탑승하자마자 멈출 증상이라는 건 알고 있었다. 엘리자베스 생각에 머릿속이 어지러웠다. 그러나 그것 또한 흩어지리라는 걸 알았다. 그는 언제나 그렇듯 완벽하게 계기판, 통화장치, 제어판을 점검할 것이다.

"장갑 챙겼어요, 기장?"

"챙겼어." 알렉은 확인해주었다.

---

* 독일 국가. 원제는 '독일인들의 노래'.

그의 실크 장갑은 행운의 부적이었다. 그는 케이티에 탑승할 때마다 대원들과 함께 그 장갑을 만졌다. 대원들에게도 각자의 부적이 있었지만 기장의 장갑은 모두의 부적이었다. 그는 실크 장갑 위에 섀미 장갑과 울 장갑을 덧꼈다. 목이 길고 입구가 넓은 장갑은 껴본 적 없었다. 그런 장갑은 투박해서 제어판을 제대로 느낄 수 없기 때문이다. 그에게는 또다른 행운의 부적이 있었지만 대원들에게 말하지 않았다. 그만 아는 비밀이었다.

버스가 비행장 둘레의 콘크리트 도로를 질주하는 동안 대원들은 어렴풋한 푸른 불빛 속에서 이리저리 흔들렸다. 그는 운전하는 여성 보조대원의 뒷모습을 바라보았다. 빨간머리에 주근깨가 많은 그녀는 대원들이 무거운 비행 장비를 들고 버스에 오를 때면 활짝 웃어주었다. 아무도 말을 하지 않았다. 그들은 바짝 긴장해 있었고 이제 할일을 해야 했다. 그는 마음속으로 대원들을 점검했다. 지미는 오케이, 두기도 오케이, 레스는 언제나 말이 필요 없지. 목이 아파서 작전을 두 번 빠졌던 시드는 다시 로봇 같은 상태로 돌아왔고, 레이니도 오케이, 그런데 로드는 이틀 내내 끊임없이 안개에 대해 투덜거렸다. 알렉은 아무 말도 하지 않았지만 로드의 목소리에 날이 선 것을 알아차렸다. 그리고 다른 대원들이 재빨리 조심스러운 눈길로 그를 흘끔거리는 것도. 다들 안개를 싫어했다. 이제 복무의 끝이 멀지 않았다. 그래서 미적거리며 빈둥대고 싶지 않았다. 이번이 스물일곱번째 작전이니, 오늘밤이 지나면 딱 세 번이 남는다. 후딱 해치우고야 싶지만 그런 식으로 생각하면 안 되는 법이었다. 해치우려는 마음으로 하면 꼭 실수가 생겼다. 작전이 발표되었다가 취소되었기 때문에 다들 신경이 날카로웠다. 이런 생각이 들기 시작하기 마련이었다. 어젯밤에 나갔으면 지금이 스물여덟번째일 텐데, 그럼 두 번만 더 하면 끝나는 건데. 복무 종료. 그런 생각을 하는 것마저 위험했다. 말하자면 그건 활주로를 천천히 달리는 동안 올디스 램프*를 곁눈으로 슬쩍이 아니라 정면으로 쳐다보는 것과 같았다. 그러면 지금껏 쌓아올린 날카로움이 무뎌지고 여기서 베를린까지 빈틈없이 들어찬 어둠 속을 들여다보는 능력을 잃게 되었다. 그는 그런 실수를 하지 않을 것이다.

멍청한 자식, 그는 속으로 말했다. 넌 벌써 실수했어.

---

* 모스부호 전송에 사용하는 휴대용 램프.

1
1952

이저벨은 무릎을 꿇고 앉아 벽난로에서 솟아오르는 불꽃을 바라보았다. 불꽃은 희미하고 열기가 없었다. 그녀는 춥고 피곤하고 등이 아팠다. 그리고 눈이 따끔거렸다. 물론 연기 때문이었다. 그래도 어쨌든 불은 붙었다. 파랗고 노르스름한 불꽃만 보고 있으면 마음이 편안해지기 시작했다. 불을 켰는데도 방안은 몹시 어두웠다. 비좁은 공간에 꾸역꾸역 가구를 채워넣은 방에서는 방울양배추 냄새가 났다.

필립이 방문을 열었다. 그는 의학서들을 턱 밑까지 쌓아올려 안고 있었다. 이저벨이 돌아보자 그의 두 눈이 그녀의 얼굴을 살폈다.

"좀 따뜻해졌어?"

"괜찮아."

"당신, 너무 말랐어. 정말이야."

"난 당신 환자가 아냐, 필립."

그가 바라보는 동안 그녀는 엉거주춤 일어났다.

"정육점에 가서 미트파이를 구해 왔어. 막 문을 닫으려던 참이지 뭐야." 필립이 자랑스럽게 말했다. "배급품 중에 있더라고."

"설마!" 그는 머릿수건을 쓰고 줄지어 서 있던 여자들에게 기죽지 않았다. 모두가 그를 곁눈질하고 아마 대놓고 혀를 찼을 것이다. 아이고, 세상에, 저 남자의 아내는 생각이 있는 거야? 그는 자신의 체면을 신경쓰지 않았다. 아직은 그가 잉골드비 진료소에 새로 온 의사인 줄 모르는 사람들이 많겠지만 조만간 알아보게 될 거라는 사실도 개의치 않았다. 이저벨은 손을 뻗어 필립의 손을 잡았다. "당신은 정말 영리한 사람이야." 그녀가 말했다.

그의 여윈 얼굴이 부드러워졌다. "오븐에 넣기만 하면 돼." 그가 말했다.

"감자를 가져왔어." 이저벨이 말했다. "그리고 당근도. 약간 묵었지만 상한 부분은 잘라냈어."

그들은 전쟁통에 어린 시절을 보냈고 음식에 대해 바람이 있다면 배를 채우는 것뿐이었다. 이저벨은 요리 솜씨가 없었다. 다행히 필립의 어머니도 별로 나을 게 없었다. 더구나 그는 수년간의 군복무와 의대 생활로 단련된 상태였다. 그는 불평하는 법이 없었다. 이저벨이 묽은 스튜와 빽빽한 케이크로 식탁을 차리면 그도 그녀만큼이나 뿌듯해했다.

그들은 두 달 전 결혼했다. 여기는 두 사람의 첫 살림집이었다. 그전에는 필립의 부모가 사는 좁은 집에서 영원처럼 느껴지는 팔 주 동안 함께 살았다. 침대 스프링은 채찍처럼 쩍쩍 소리가 나고 변기 물을 내리면 그 아래 물속에 갇혀 사는 용이 괴성을 지르는 것 같았다. 필립의 부모는 이저벨이 어머니, 아버지라 불러주기를 원했다. 마치 그녀와 필립이 아직도 어린애인 것처럼, 그리고 두 사람이 남매지간인 것처럼. 그러나 그들은 다 자란 어른이었다. 필립은 첫 직장을 구했다. 이저벨은 가정을 꾸릴 것이다.

"밤낮없이 일할 거야." 필립은 경고하듯 그녀에게 말했다.

머리 위에서 마루를 지나가는 발소리가 들렸다. 느리고 무겁고 신중한 발소리. 발소리는 창가 쪽으로 멀어졌다가 되돌아왔다. 집주인 여자다. 필립은 그녀를 알았다. 집을 구할 때 그녀와 흥정했기 때문이다. 집세가 너무 비쌌지만 공급이 부족한 실정에서는 그럴 수밖에 없었다. 이저벨은 회색 원피스형 앞치마를 두른 앳킨슨 부인이 이층으로 사라지는 육중한 뒷모습을 흘깃

보았을 뿐이었다. 틀림없이 부인 나름대로의 환영 인사였을 것이다. 그들이 세든 집은 일층인데 길가 쪽으로 거실이 있고 뒤쪽에 침실이 있었다. 그리고 그 옆의 코딱지만한 부엌에는 목재 뚜껑이 덮인 욕조가 대부분의 공간을 차지했다. 욕실은 바깥 복도에 있었다. 따라서 집주인이 '편의시설'이라고 부르는 곳을 이용하려면 셋집 밖으로 나가야 했다.

"편의시설은 공용이에요." 집주인이 필립에게 단호히 말했다. "어떤 흔적도 남겨서는 안 돼요."

"왜 그러는지 모르겠어. 다른 세입자도 없는데." 필립이 이저벨에게 말했다.

"거기에 속옷도 걸어두지 말래."

복도는 춥고 습했다. 여기서 어떻게 살지? 이저벨은 속으로 말했다. 그리고 때때로 그러듯 그녀의 생각은 자꾸만 곤두박질쳤다. 정신을 차리고 보니 사방이 캄캄했다. 그녀는 더듬거리며 전등 스위치와 물 내리는 줄을 찾았다. 줄을 두 번 세게 잡아당기자 물이 내려갔다. 그녀는 잘 시간마다 목욕수건과 칫솔을 담은 파우치를 가지고 들락거려야 하는 신세를 생각했다. 머리 위에서는 여전히 집주인이 이리저리 걸어다니고 있었다. 이저벨은 몸을 떨었다.

여기서는 못 살겠어. 그녀는 집안에 들어와서 필립에게 그렇게 말할 뻔했다. 그러나 불을 피우던 그가 그녀를 올려다보며 미소를 지었다. 희망과 염려로 가득한 그 꾸밈없는 미소라니, 대신에 그녀는 이렇게 말했다. "의자 커버를 새로 만들래. 시장에서 재료를 살 수 있을 거야. 그러면 집안 분위기가 좀 살아날 것 같아."

침대는 엄청나게 컸다. 그들은 천을 씌운 매트리스 위 작은 언덕 사이에 가만히 누워 있었다. 그들이 누운 자리의 스프링이 내려앉아 생긴 언덕이었다. 희미하게 냄새도 났다. 불쾌한 냄새는 아니었다. 그냥 오래된 냄새야, 이저벨은 생각했다. 오래된 광택제, 오래된 가구, 오래된 먼지. 그리고 다른 사람들이 이 침대에서 잠을 잤던 수많은 밤들. 그들은 누구였을까? 그들은 여기 누워 잠을 못 이루었을까? 뒤엉켜 있었을까? 속삭이며 웃었을까? 아니면 상대방이 내는 소리에 짜증을 내면서 싸늘한 마음으로 잠이 들었을까?

집에서라면 매트리스를 마당으로 끌고 나가 의자 위에 걸쳐놓고 한바탕 두들겨 먼지를 떨었을 것이다. 그리고 상쾌한 공기가 스며들게 했을 것이다. 그녀는 어머니가 그렇게 하던 것을 기억했다. 그러나 여덟 살 이후로 이저벨에게는 더이상 집이 없었다. 어머니와 아버지가 싱가포르로 떠나게 되면서 그녀는 고모 집에서 살아야 했다. 아버지는 맥페일고무회사에서 일했다. 어머니는 자리를 잡으면 곧 이저벨을 데려가 같이 살 거라고 말했다.

이저벨은 어머니의 온화한 얼굴이 심각해지면서 사정없이 매트리스를 두들겨대던 모습이 눈에 선했다. 그러나 정말 그런 일이 있었을까? 어머니가 어떻게 그 무거운 것을 층계 아래로 끌고 내려갈 수 있었을까? 누군가 도와줬을 테지만 이저벨의 기억에는 구멍이 많았다. 그러나 그녀는 그렇게 믿을 수밖에 없었다. 다른 기억이 없었기 때문이다.

필립은 잠이 들었다. 이저벨은 샘이 나서 헛기침을 하고 다리를 꼼지락거려 그의 다리를 건드렸다. 그녀는 얼음처럼 차가웠다. 9월에 집이 이 모양이라면 1월에는 어떨까? 그녀는 조금씩 그의 곁으로 파고들었다. 그러나 그는 꿈에서 환자에게 처방전을 써주는지 쉴새없이 중얼거렸다. 그리고 깨지 않았다.

다음날 아침 필립은 여덟시에 진료소로 출근했다. 나가기 전에 부엌 난로의 재를 치우고 불을 피워놓았다. 이저벨은 그를 바라보았다. 그녀는 모든 것을 해나갈 방법을 배워야 했다. 필립과 달리 그녀는 어릴 때 불을 피우거나 땔감을 마련해본 적이 없었고 방과후와 주말에 돈을 벌지도 않았다. 그녀는 연약했다. 그는 '약골'이라며 그녀를 놀리곤 했다. 열시 무렵 그녀는 잠자리를 정돈하고 설거지를 하고 옷을 개켜 못생긴 낡은 서랍장에 넣었다. 위층에서 집주인이 기침을 했다. 너무 가까워, 이저벨은 생각했다. 한 집을 나누어 세를 놓았지만 그 안의 삶들은 별로 구분되지 않았다.

창문 밖에는 새벽에 낀 안개가 엷어지고 있었다. 해가 났을 것이다. 그녀는 장을 보러 나갈 것이다. 고모는 그녀에게 『초보 주부: 젊은 아내를 위한 살림 지침서』를 사주었다. 그 책은 젊은 주부에게 '정육점 주인, 생선가게 주인, 채소가게 주인과 친구가 되라'고 조언했다.

물론 그래야지, 이저벨은 생각했다. 그녀는 마을에 친구가 없었다. 먼저 얼굴이 불그스름한 정육점 주인부터 사귀어두면 좋을 것이다. 그의 손에서는 비릿한 피가 뚝뚝 흘러내렸다. 그녀는 손가방을 들고 잠금쇠를 채웠다. 둔탁하고 의미심장한 철컥 소리가 났다. 그녀는 엄마 흉내를 내는 여자아이 같았다. 엄마의 미소를 흉내내며 당당하게 나아가 베이컨을 좀더 챙겨달라고 하거나 대구 토막의 질을 따질 것이다. 자르지 않은 생선이라면 눈알을 보고 신선도를 알 수 있었다. 책에서 그렇게 말했다. 이저벨은 예전에 밀턴과 몰리에르를 공부하던 시절처럼 열심히 『살림 지침서』를 읽었다. 이젠 더이상 써야 할 에세이도 통과해야 할 시험도 없었다. 그녀는 빛을 향해 나아가던 그 분명하고 확실한 길이 몹시 그리웠다. 고등학교 졸업시험 점수가 꽤 잘 나와서 벨러미 선생님이 그녀에게 대학 진학을 권할 정도였다.

가르치는 일을 할 수도 있었는데, 그녀가 속으로 말했다. 아니면 공무원 시험을 볼 수도 있었어. 그런데 넌 필립과 결혼하는 걸 선택했지.

길 끝에는 검은 배처럼 생긴 대성당이 마을을 굽어보고 있었다. 물론 아름다운 건물이었다. 성당 반대 방향으로는 미로 같은 좁은 골목길에 가게들이 늘어서 있고 그 언저리에 시장이 있었다.

정육점에는 쇠고기가 없었다. 양고기와 돼지고기뿐이었다. 살짝 오줌냄새가 나는 콩팥과 위장 부위가 진열되어 있었다. 길게 줄을 선 우람한 여자들이 이저벨을 위아래로 훑어보았다. 이저벨이 배급통장을 건네자 정육점 주인은 도장을 찍어주었다. 전쟁이 끝난 지 어언 칠 년이었다. 정육점 주인이 비계가 많은 고기를 저울에 올려놓아도 이저벨은 항의하고 싶은 마음을 삼켜야 했다. 필립의 어머니는 정육점 주인과 잘 지내는 것이 중요하다고 강조했다.

그녀는 집에 돌아가서 고기를 보관하는 찬장에 비곗덩어리가 담긴 꾸러미를 넣어두고 편한 신발로 갈아 신은 후 마을을 벗어날 것이다. 그녀가 갈 수 있는 한 멀리, 가게도 집도 보이지 않는 곳으로, 비밀스럽게 감시하는 얼굴도 없는 곳으로 갈 것이다. 성당이 보이지 않을 때까지 계속 걸을 것이다.

갑자기 마을이 끝났다. 그리고 이저벨은 먼지 날리는 길을 걷고 있었다. 길 양쪽에 늘어선 산울타리는 잎사귀 색이 벌써 변하고 있었다. 안개가 섞여 흐릿한 가을 햇빛 아래 평지가 쭉 펼쳐져 있었다. 이저벨은 눈앞에 펼쳐진 땅을 밀어내는 기분으로 빠르게 걸었다. 시골길치고는 길이 널찍했다. 대형트럭 두 대도 거뜬히 지날 수 있을 것 같았다. 그러나 아스팔트포장 옆 풀이 난 부분이 넓어지면서 길은 점점 좁아졌다. 마치 더이상 넓은 길이 필요하지 않은 것 같았다.

그녀는 한 시간 반째 걷는 중이었다. 뒤를 돌아보니 풍경 속 희미하게 보이는 언덕 때문에 마을이 보이지 않았다. 그녀는 7킬로미터, 어쩌면 8킬로미터쯤 걸었을 것이다. 새소리, 트랙터들 소리, 산울타리 사이로 쏴쏴 불어대는 바람 소리 말고는 아무것도 들리지 않았다. 저 광활한 풍경 어딘가에서 오전 진료를 마친 필립이 왕진을 돌고 있을 것이다. 이 세상 누구도 그녀가 어디 있는지 알지 못했다.

다음 모퉁이를 돌자 길이 다시 넓어졌다. 그녀 앞으로 보이지 않는 곳까지 멀리 철조망이 이어져 있었다. 그러나 군데군데 망가진 곳이 눈에 띄었고 넓은 문은 활짝 열려 있었다. 그녀는 여기가 어딘지 곧바로 알아챘다. 이저벨은 서퍽 지방의 평원 출신이었다. 그리고 전쟁이 한창이던 어린 시절에는 머리 위에서 들려오는 천둥 같은 랭커스터* 소리에 밤마다 잠을 깨곤 했다. 폭격기들이 비행장에서 이륙할 때 들리던 소음은 마지막 비행기의 진동이 완전히 사라질 때까지 몇 시간이나 이어지는 듯했다. 한번은 천둥 같은 소리가 또 시작되자 이저벨은 귀가 아파서 잠자리에서 일어났다. 고모는 꼼짝도 하지 않고 귀를 기울이고 있었다. "또 시작이로구나, 이저벨." 진 고모가 암막커튼을 들추고 이저벨에게 비행기 불빛을 보여주었다. "일단 적의 영토로 넘어가면," 그녀가 말했다. "더이상 불빛이 보이지 않을 거야." 검은 폭격기들은 검은 하늘에서 모습을 감출 것이다. 잉글랜드 동부 곳곳에서 날아온 폭격기들은 해안 위 어딘가에 집합해 있다가 동쪽을 향해 줄줄이 날아갈 것이다. 네덜란드를 지나 독일로, 그리고 루르 지방이나 베를린 심장부 깊숙이 들어갈 것이다. 한참이 지나야 돌아올 것이다. 또는 몇몇은 돌아오지 못할 것이다. 동트기 전까지 고모는 비행기가 돌아오는 소리가 들리는지 몇 시간이고 귀를 기울이곤 했다.

이저벨과 사촌 찰리는 비행장이 공사중이었을 때 종종 구경하러 갔다. 거기에는 초소가 있었다. 이저벨은 고모에게 물었다.

---

* 2차대전 중에 운용된 영국 폭격기.

"초소를 지나가면 어떻게 돼요? 군인들이 '멈춰, 거기 누구야?' 라고 말할까요?"

찰리가 그녀를 보고 웃었다. "너한테 총을 쏠걸, 이즈."

그녀는 커비민스터에서 이렇게 가까운 곳에 폭격 기지가 있는 줄 몰랐다. 그러나 물론 그것 때문에 길을 넓혔을 것이다. 임시 도시에 물품을 공급하는 대형트럭들이 밤낮으로 지나다녀야 했을 테니까. 그 도시에는 비행대원, 지상 근무원, 여성 보조대원, 공군 중령에서 청소부까지 수많은 사람들이 살았을 것이다. 어느새 이저벨은 초소를 지나 계속 걷고 있었다. 철조망이 끊어진 곳도 있었다. 버려진 비행장의 침묵이 그녀 주위를 겹겹이 감쌌다.

모든 것이 정지해 있었다. 콘크리트를 샅샅이 훑으며 지나가는 바람만 빼고. 갈라진 콘크리트 틈에서 엉겅퀴, 소리쟁이, 바늘꽃 따위가 자라고 있었다. 무성한 잡초를 뚫고 나온 블랙베리 나무는 뱀처럼 구불구불 철조망을 휘감고 올라가는 중이었다. 이저벨의 머릿속에 고모의 목소리가 들렸다. 나란히 붙어 선 세 사람은 평평한 농지의 진흙이 파헤쳐져 비행장이 되어가는 모습을 구경하고 있었다.

"저기가 관제탑이 될 거야. 저기서 비행기에 지시를 내리겠지."

"비행기는 어디로 가요?" 이제 찰리의 목소리가 들렸다.

"비행장 주변 콘크리트 도로 곳곳으로 흩어질 거야." 고모가 권위어린 말투로 말했다. "독일군의 공격을 받을지도 모르니까 반드시 그래야 돼. 한군데 모여 있으면 한 번만 습격을 받아도 모조리 파괴될 수 있어. 폭탄 창고도 위장해야 할 거야."

"저 건물들은 다 뭐예요?"

"본부와 병영. 군인들에게 필요한 모든 게 여기 다 있어."

이저벨은 입속에서 단어들을 되뇌었다. 본부. 그 말은 신비롭고 힘있게 들렸다. "잠자는 집도 있어요?" 그녀가 아기처럼 물었다. 찰리는 씩 웃으며 그녀의 다리를 살짝 걷어찼다.

진 고모는 얼굴을 찌푸렸다. "잠은 조립식 반원형 막사에서 자." 그녀는 짧게 말했다.

진 고모는 교구회에서 일했기 때문에 모르는 게 없었다. 그녀는 모든 지식을 자기 것으로 만들려 애썼고 그 지식을 나누어줄 가치가 있는 사람에게는 조금씩 아껴가며 풀어놓았다.

얼마 후 마을은 공군들로 북적거렸다. 마치 고모의 예언이 그들을 갑자기 나타나게 한 것 같았다. 마을에는 술집이 한 곳뿐이었고 모두가 그곳에 갔다. 맥주잔을 든 군인들은 캄캄한 여름밤을 향해 고함을 지르고 노래를 부르고 쉴새없이 주절거렸다. 이저벨과 찰리는 자전거를 타고 돌아다니면서 군인들 주변을 빙빙 돌거나 그들을 관찰하고 말을 주워들었다. 이방인의 침략에 대해 투덜대는 사람들도 있었지만 진 고모는 아니었다. 평소 엄격

한 성품인 그녀가 젊은 군인들에게는 무한한 인내심을 발휘했다. 만취한 군인이나 마을회관 벽에 달라붙은 수상쩍은 커플, 모터바이크를 타고 마을을 휘젓고 다니는 젊은 대위에 대해 불평하는 사람들을 호되게 꾸짖기까지 했다. 진 고모는 일요일마다 공군들을 초대해 차를 대접했다. 고향의 맛을 느끼게 해줘야지, 고모는 말했다. 이저벨이 알기로 진 고모는 푸근한 면이라곤 없는 사람이었다. 게다가 부엌 식탁에서 편하게 대접하는 것도 아니고 응접실에 있는 작은 탁자에 가장 좋은 찻잔을 내오는 방식도 부담스러웠다. 이저벨과 찰리는 항상 케이크를 먹고 싶지 않다고 말하라는 주의를 받았다. "우리가 그들에게 해줄 수 있는 최소한이야." 진 고모는 말했다.

조용한 밤에는 비행기가 시동을 걸고 천천히 달리면서 이륙 준비를 하는 소리가 들렸다. 이저벨은 공군 상사가 사과 스펀지 케이크를 한 조각 더 먹는 모습을 군침 흘리며 쳐다보다가 들켰던 일을 생각했다. 그는 웃으며 말했다. "다시 생각해보니……" 그리고 이저벨의 접시에 케이크를 올려놓았다. 진 고모는 언짢아했지만 이저벨은 행여 누가 말릴세라 냉큼 먹어치웠다. 군인들은 웃음을 터뜨렸다.

이저벨은 열두 살, 찰리는 열세 살이었다. 세상 돌아가는 일을 알 만한 나이가 되었지, 진 고모는 말했다. 그래서 그녀는 두 아이에게 폭격에 대한 라디오 뉴스를 들려주었다. 그들은 알바 리델*이 "우리 비행기 중 하나가 돌아오지 못했습니다"라고 나직이 말할 때 그게 무슨 뜻인지를 알았다. 군인들이 작전에 나가면 술집은 거의 텅 비었다.

온 나라에 '비행장'이 거기 하나뿐인 것처럼 말하곤 했지, 이저벨은 생각했다. 그러나 서퍽, 링컨셔, 레스터셔, 이스트요크셔 곳곳에 비행장 수십 개가 있었다. 그녀는 주위를 둘러보았다. 풍경이 가을 햇빛 속에 평화롭고 고요하게 잠들어 있었다. 아마 이 근처에도 시골 마을이 있겠지, 그녀는 생각했다. 한때 군복을 입은 남자들로 꽉 찼던 술집도 있을 것이다. 이제는 다시 농부들뿐이겠지만.

이저벨은 손그늘을 만들고 폐허가 된 비행장을 살펴보았다. 그녀는 관제탑, 격납고, 본부, 도로, 반원형 막사를 알아볼 수 있었다. 활주로가 끝없이 펼쳐져 있었다. 건물은 철거되지 않았다. 군이 그럴 이유가 없었다. 모든 게 그저 그 자리에 남아 비바람에 스러지고 있었다.

새떼가 땅 위에서 뭔가를 쪼고 있었다. 새들은 금세 날아올랐고 그녀는 그 자리에 토끼가 죽어 있는 것을 보았다. 그러고 나

* 2차대전 당시 활약한 BBC 라디오 아나운서.

서 새들은 다시 내려앉아 사무적인 태도로 살점을 꼼꼼하게 쪼기 시작했다.

이저벨은 재빨리 뒤를 돌아보았다. 물론 아무것도 없었다. 이곳의 분위기 때문이었다. 그게 다였다.

바보같이 굴고 있어, 그녀는 속으로 말했다. 그녀는 때때로 자신을 호되게 꾸짖는 습관이 있었다. 찰리는 그녀가 거친 모험에 따라오지 않으려고 하면 겁 많은 고양이라고 부르곤 했다. "넌 정말 작고 겁 많은 고양이 같아." 그녀는 소리 내어 말했다.

처음에는 그럭저럭 쓸모가 있어 보였지만 주위를 둘러보면 볼수록 그런 인상이 희미해졌다. 덜렁거리는 문. 빛을 받아 반짝거리는 깨진 유리. 아마 시골 마을의 사내아이들이 와서 망가뜨렸을 거야. 이제 그래도 되니까. 아니면 연인들이……

아니. 이런 곳으로 사랑을 나누러 올 사람들은 없을 것이다. 여기는 그럴 만한 곳이 아니었다. 좀더 낡으면 다시 농지로 돌아갈 것이다. 다른 '전시 전용' 폭격 기지들도 그렇게 되었다. 활주로와 계류장, 주변 도로를 갈아엎을 것이다. 그것들의 그림자만이 남게 될 것이다. 공중에서 찍은 사진 속 철기시대 요새의 흔적처럼.

이 세상 누구도 내가 어디 있는 줄 몰라, 이저벨은 다시 생각했다. 그리고 이번에는 약간 몸이 떨렸다. 가을 오후가 조금씩 물러가면서 바람이 차가워졌기 때문이다. 그녀는 누군가 지켜보는 사람이 있는 것처럼 씩씩하게 뒤돌아 걷기 시작했다. 뒤를 돌아보지 않고 일정한 속도로 걸었다. 그녀는 문을 지나 아까 그 길로 나왔다. 휘어진 길에 이르러 뒤를 돌아보아도 비행장이 보이지 않자 그녀는 점점 더 빨리 걸었다. 등뒤에 두려움의 숨결이 느껴지는 양.

그녀는 성당이 보이고 나서야 걸음을 늦추었다. 그리고 자신의 소심함을 후회하기 시작했다. 더 멀리 가볼 수도 있었는데, 그녀는 속으로 말했다. 망가진 막사에 들어가볼 수도 있었어. 심지어 관제탑 꼭대기에 올라가볼 수도 있었지. 너를 막을 사람은 아무도 없었어.

2

필립은 차를 사기로 했다. 그런 넓은 시골에서 일하려면 차가 꼭 필요했다. "포드 프리펙트를 얻을 기회가 생겼어." 그가 자부심을 숨긴 묘한 웃음을 지으며 이저벨에게 말했다.

"하지만 우리 형편에 어떻게?" 이저벨이 물었다.

"굉장히 낡았어. 잉골드비 박사님의 환자가 타던 차야."

"당신한테 싸게 넘겨준대?"

"그 사람은 죽었고 아내는 운전을 못해. 어제 차를 보러 갔는데 상태가 아주 좋더라고, 이즈! 몇 년 동안이나 차고 밖에 두었다는 게 믿기지 않을 정도였어. 타이어를 교체하고 전체적으로 점검을 해봐야겠지만 그러고 나면 새처럼 쌩쌩 잘 나갈 거야."

이저벨은 운전을 못했다. 어쩌면 배울 수도 있겠지만 그러더라도 필립이 매일 차를 쓸 것이다. 마을에서 오전 진료가 끝나면 먼 거리를 운전해서 흩어져 있는 작은 시골 마을들과 외딴 농장들로 왕진을 다닐 것이다. 시골 지역은 삭막하고 외롭고 풍요로웠다. 잉골드비 박사는 필립이 자질을 갖췄다고 말했다. 그는 저녁 진료를 마치고 나서도 투덜대지 않고 야간 왕진을 다니곤 했다. 장시간 일했지만 지치기는커녕 오히려 자극을 얻는 것 같았다. 네다섯 시간만 자고도 상쾌하게 일어날 수 있었다. 필립이 자는 동안 이저벨은 거의 말은 하지 못한 채 서툰 솜씨로 부엌일을 이어갔다. 말끔하게 면도를 하고 벌써 셔츠에 타이까지 맨 필립은 이 엉망진창인 집과 전혀 다른 세상에 사는 사람처럼 보였다. 때때로 이렇게 일찍 잠을 깨면 이저벨은 오후에 다시 침대로 들어갔다. 두 눈을 감고 캄캄한 웅덩이 속으로 빙글빙글 빠져들었다. 그렇게 자고 일어나면 기분이 개운하지 않았다.

"외롭다면 그건 네 잘못이야." 이저벨은 혼잣말을 했다.

잉골드비 박사의 아내는 이저벨을 참한 젊은이라고 생각했다. 그래서 반질반질한 마루와 담을 두른 과실수 정원이 있는 커다란 회색 집에 와서 함께 차를 마시자며 초대했다. 그러나 재닛 잉골드비는 쉰 살이었다. 잉골드비 박사와 살아온 세월은 그녀를 방어적으로 만들었고 그녀는 말은 많았지만 정작 중요한 말은 거의 하지 않았다. 그녀가 집과 자식들 이야기를 할 때면 이저벨은 자신도 언젠가 따라 할 능력이 생길지도 모르는 아주 어려운 뜨개질 패턴 속에 들어와 있는 것 같았다.

"바느질 좋아해요?" 재닛 잉골드비가 물었다.

"댄스 드레스를 손수 만들어 입곤 했어요."

재닛 잉골드비는 이 생각에 얼굴을 찌푸렸다. "바느질 모임에 관심이 있는지 모르겠네. 근데 책을 좋아한다고 들었어요. 어쩌나, 이 근처엔 그런 사람들이 별로 없는데."

필립도 이저벨이 모임에 나가기를 바랐다. 그녀가 외롭게 지낸다는 생각에 괴로웠지만 바쁘게 하루를 지내는 동안 다 잊어버렸다. 젊은 주부들의 모임이 있었다. 나중에는 마더스 유니언* 에 들어갈 수도 있었다. 이저벨이 아이를 가지면 모든 게 제자리를 찾을 터였다.

집주인은 밤마다 이저벨의 머리 위를 왔다갔다 걸어다녔다. 왜 그러는지 알 수 없었다. 가게 말고는 아무데도 가지 않는 것 같았다. 정육점과 빵집에서 배달이 오는 것 말고는 손님도 없었다. 그녀는 일찍 일어나 늦게 잠자리에 들었다. 그리고 순찰을 도는 보초처럼 이층 방들을 이리저리 돌아다녔다.

"넌 상상력이 지나친 바보야." 이저벨은 혼잣말을 했다. 그

* 1876년에 설립된 기독교 자선단체.

녀는 정신을 차리고 살림을 익힐 것이다. 그게 여기서 할일이었다. 그녀는 『초보 주부』를 펼치고 빳빳한 페이지를 멍하니 응시했다. 부엌 찬장에는 성인 남자 머리만한 양배추가 잠복중이었다. 온 집안을 겨울방학 기간의 교실 같은 눅눅한 냄새로 채우지 않고 요리할 방법이 분명히 있을 것이다. 이저벨은 집중하라는 지적을 받은 학생처럼 책 위로 고개를 숙였다. 책에 적힌 단어들이 그녀에게 달려들었다. 해기스*, 위, 간, 양파. 풀밭에 서 있는 암소 그림이 있었다. 그리고 암소 몸에는 고기 부위별로 구분하는 선이 그려져 있었다. 이저벨은 페이지를 넘겼다. 케이크를 만들 것이다. 필립은 케이크를 잘 먹었고 빵 굽는 냄새도 좋아했다. 그는 셋집 문을 열자마자 말할 것이다. "이 맛에 집에 오지." 아직 그녀는 집이란 단어를 직접 사용할 수 없었다. 그러나 그가 그렇게 말하는 것은 듣기 좋았다. 어느 날 밤 그가 그녀에게 말했다. "가족들에게 편지 썼어, 이즈? 우리집에 대해 이야기했어?" 그녀의 얼굴은 틀림없이 멍해 보였을 것이다. 그가 곧이어 이렇게 덧붙였기 때문이다. "물론 아직 못했겠지. 그동안 너무 바빴으니까."

"당신이 내 가족이야, 필립." 그녀가 말했다.

---

* 양의 내장 속을 채워 만든 스코틀랜드 음식.

날이 갈수록 점점 더 추워졌다. 안개가 끼는 날도 많았다. 첫서리가 내려 창문에 무늬를 새겼고 몇 남지 않았던 마지막 꽃들마저 검게 변했다. 나뭇잎들도 모두 떨어졌다. 필립은 전조등을 모두 켠 채 앞이 보이지 않는 새하얀 풍경 속을 헤치며 좁은 길을 서행해야 했다. 밤이 되면 이저벨은 담요를 겹겹이 덮었다. 필립이 오기 전에 그녀 혼자 잠자리에 드는 날도 많았다. 그녀는 뜨거운 물병을 껴안고 얼음처럼 차가운 침대 가장자리에 닿을세라 감히 몸을 펴지도 못했다.

"석탄이 배급되면 조금이라도 집을 덥힐 수 있을 텐데." 그녀가 필립에게 말했다. "사방에서 외풍이 들어와. 저 창문 덜컹거리는 소리 좀 들어봐."

"여기서 영원히 살 건 아니잖아." 그는 안심하라는 듯 말했다. "당신한테 말하려고 했는데, 잉골드비 박사님이 환자 집에서 장작을 한 짐 얻어다 줄 수 있다고……"

"얼마나?"

"2실링어치만큼 트렁크에 채워줄 거야."

그러나 장작은 오지 않았다. 아마 다른 데로 갔거나 아니면 그 환자가 죽었을 것이다. 어느 날 이저벨이 셋집에 할당된 저장고에서 석탄을 퍼담고 있을 때 집주인이 나왔다. 앳킨슨 부인의 저장고에는 자물쇠가 채워져 있었다. 점결탄과 석탄 저장고에 각각 하나씩이었다. 그녀는 이저벨의 석탄 저장고를 슬쩍 들여다보고는 혀를 찼다.

"그걸로 겨울을 나야 해. 다 써버리면 더는 없어." 그녀가 엄하게 경고했다.

저 늙은 여자가 별 참견을 다 하네, 이저벨은 생각했다. 그녀는 결코 앳킨슨 부인의 얼굴을 똑바로 보고 싶지 않았다. 재빨리 곁눈질하는 것으로 충분했다. 집주인은 온통 회색이었다. 회색 원피스형 앞치마, 십 년 전에도 이미 유행이 지났을 법한 단단히 틀어올린 회색 머리, 가장자리가 온통 쪼글쪼글한 오므린 입술과 주름이 깊게 팬 얼굴. 몇 살이나 되었는지 짐작할 수도 없었다.

"부엌 개수대가 자꾸 막혀요." 이저벨이 차갑게 말했다.

"배관 뚫는 거 없어?"

"찾아볼게요." 이저벨은 기가 죽어 말했다.

"있는지 없는지도 모르나보네."

"주인집에서 줘야 하는 거 아니에요? 가구 완비라고 했잖아요." 이저벨은 치밀어오르는 분노를 느끼며 말했다. 맙소사, 그녀는 생각했다. 결국 이렇게 됐군. 뒷마당에 서서 개수대 뚫는 문제 따위로 이러쿵저러쿵 다투는 꼴이라니. 집주인일 뿐이잖아, 내게 이런 식으로 말할 권리는 없어.

“실례할게요.” 이저벨이 마당 입구를 향해 몸을 옮기며 말했다. 한동안 집주인은 꿈쩍도 하지 않는 듯했다. 그녀는 덩치가 크고 힘이 센 여자였다. 그런데 가까이서 보니 별로 늙지 않았다는 걸 알 수 있었다. 그녀가 묘한 눈빛으로 이저벨을 뚫어져라 쳐다보고 있었다. 마치 이저벨에게 원하는 것이 있는데 얻을 수 있을지 모르겠다는 듯한 표정이었다. 시큼한 땀냄새가 희미하게 풍겼다. “실례할게요.” 이저벨은 앳킨슨 부인 옆을 지나가면서 좀더 힘주어 다시 한번 말했다. 이번에는 그녀가 옆으로 비켜섰지만 이저벨이 저장고 전쟁에서 승리한 것 같지는 않았다. 어림도 없었다. 그녀의 얼굴 전체가 이저벨을 모욕하고 조롱하고 있었다. 너무나 의도적으로 이저벨을 주시했다. 마치 이저벨의 존재를 구성하는 모든 원자가 그녀에게 노출된 것 같았다.

“그 여자 싫어.” 이저벨이 퇴근한 필립에게 말했다.

“누구?” 그는 가방을 내려놓으며 무심히 물었다.

“집주인, 앳킨슨 부인 말이야. 결혼한 적이 있기나 한지 모르겠네. 어쩌면 이층에 애인을 숨겨두었는지도 몰라. 물론 절대로 내보내지 않겠지. 아무도 그를 볼 수 없어. 그는 그녀를 위해서만 존재하니까.” 그리고 그녀는 집주인의 회색 얼굴과 꼿꼿한 몸을 생각하면서 자신의 상상에 미소를 지었다.

그러나 필립은 얼굴을 찌푸렸다. "남편은 죽었어. 집주인은 과부야. 남편은……"

"잉골드비 박사의 환자였겠지." 이저벨이 말했다. "아직까지 환자가 안 끊긴 게 놀랍네. 그렇게 많은 사람들이 죽었는데……"

"함부로 말하지 마, 이즈!"

"아무도 우리가 하는 말을 들을 수 없어. 앳킨슨 부인만 빼고. 알다시피 그 여자는 당신을 좋아해. 당신이 집에 들어오자마자 바닥에 납작 엎드려서 우리가 하는 말을 엿들어. 어쩌면 목소리가 더 잘 들리게 하려고 유리컵을 사용할지도 몰라."

"그렇게 나쁜 사람은 아니야."

"그래? 맙소사, 필. 그게 뭐야?"

그의 손에서 뭔가 흘러내렸다. 심장이라도 담긴 양 피가 흐르는 꾸러미였다.

"스테이크야."

"환자가 줬어?"

필립은 고개를 끄덕였다.

"장작은 아직 소식 없고?"

"주말에 엘러턴으로 가면 트렁크를 채울 수 있을 거야."

"앳킨슨 부인이 실망하겠네. 우리가 활활 불을 피워도 그걸 막기 위해 할 수 있는 일이 없을 테니."

"우린 여기 오래 있지 않을 거야, 이즈. 계속 이렇게 절약하면 내년 말쯤에는 집을 살 돈을 모을 수 있을 거야."

"그 여자가 싫어, 필." 이저벨은 얼마나 심각한지 믿어주길 바라면서 다시 한번 말했다. "다른 곳을 찾아보면 안 돼? 분명 다른 집이 있을 거야."

"큰 방 두 개가 있는 이런 집이 또 있을 것 같아? 당신은 몰라, 이저벨. 이 집을 구한 건 운이 좋았어." 그는 속으로 이집 저집을 터덜터덜 보러 다닌 사람은 이저벨이 아니었다고 말했지만 입 밖에 내지는 않았다. 건강에 해로운 조리기구와 작고 어처구니없는 벽난로가 있는 비좁은 방들을 보고, 습기와 흰곰팡이를 들이마시고, 희미하지만 분명히 알 수 있는 빈대 냄새를 맡고 다닌 사람은 이저벨이 아니었다. 이저벨은 아무것도 몰랐다. 그는 그녀가 알기를 바라지도 않았다.

우린 아기를 가질 거야, 이저벨은 생각했다. 아기를 가지고 작은 시골 마을에 있는 집으로 이사할 거야. 유모차를 끌 정원이 있는 시골집. 그리고 마가목 아래 아이를 재울 것이다. 햇빛이 잘 드는 부엌문 밖을 내다보며 아기가 빨리 잠드는지 확인하는 자신의 모습이 눈에 선했다. 그러나 거기서도 그녀는 혼자가 아니었다. 머리 위에서 누군가 여전히 왔다갔다 걸어다니고 있었다.

그날 밤 그들은 서로를 끌어안은 채 잠들었다. 몇 시간 후 이저벨은 오른팔이 저려서 잠이 깼다. 필립이 그녀의 팔을 베고 돌아누워 있었다. 그녀는 조심스럽게 팔을 뺐다. 잠들 때는 따뜻했지만 지금은 다시 추웠다. 담요는 언제나 그렇듯 필립 쪽에 뭉쳐 있었다.

침대에서 덮을 것을 좀더 찾아야 했다. 그녀는 벽장을 뒤져보려 했다. 이렇게 덜덜 떨면서 밤새도록 있을 수는 없었다. 이저벨은 일어나 리놀륨 바닥에 있는 슬리퍼를 더듬더듬 찾아 신고 필립의 가운을 단단히 여몄다. 커튼을 젖히고 마당과 높다란 집 뒤편을 바라보았다. 창문 안쪽에 가장자리부터 얼음꽃이 피어 있었다. 고양이 한 마리가 휘핏*처럼 잽싸게 담장을 따라 지나갔다. 새벽 세시였다.

이저벨은 살금살금 거실로 나가서 불을 켰다. 벽난로에 여전히 온기가 약간 남아 있었지만 밤에는 불을 더 피우지 않았다. 석탄이 충분히 남아 있지 않았다. 물자 부족, 제한, 규칙, 배급통장, 쿠폰, 권고 지침…… 이저벨이 기억하는 한 언제나 그런 것들이 있었다. 그리고 그런 상황이 달라질 것 같지도 않았다. 사람들은 정부가 대책을 세우면 석탄 배급이 계속될 수 있을 거라

---

* 하운드종의 영국 개. 경주견으로 유명하다.

고 투덜댔다. 누가 전쟁에서 이겼는지 모르겠군. 우리가 독일 사람들보다 더 못 살아, 그들은 말했다.

방구석에는 높다란 벽장이 있었다. 집에 책장이 없었기 때문에 이저벨은 벽장 선반 대부분을 책으로 채웠다. 맨 윗단에는 진 고모에게 받은, 전쟁 전에 생산되었을 법한 질 좋은 커튼 두 장을 넣어두었다.

'커튼 한 장을 이불로 써야겠어.' 이저벨은 생각했다. 그런데 벽장 위에 문이 따로 달린 또다른 벽장이 있었다. 너무 높아서 이저벨은 손이 닿지 않았다. 필립은 그 안에 오래된 의학서들을 넣어두었다. 그가 벽장에 다른 게 있다고 말했던 기억이 났다. 그러면서 그는 그것을 뒤쪽으로 밀어놓았었다.

"그게 뭔데?" 그녀는 대수롭지 않게 호기심을 보이며 물었다.

"몰라. 안 봤어. 낡은 옷 같았어. 어쨌든 무거웠어."

꼭대기 벽장은 집주인 입장에서 세입자들이 건드리길 원치 않는 물건이 있다면 그런 것을 보관하기에 딱 좋을 공간이었다. 옷일 수도 있지만 담요일지도 몰랐다. 어쩌면 누비이불일지도? 이저벨은 벽장 안을 뒤져보고 싶은 충동에 사로잡혔다. 갑자기 불끈 힘이 솟았다. 그게 무엇이든 어쨌든 이 집안에 있었다. 따라서 이저벨과 필립이 사용할 권리가 있었다.

그러나 먼저 커튼을 살펴볼 것이다. 커튼을 내려서 펼쳐보았다. 그녀가 기억하는 것보다 천이 더 얇았다. 어릴 적 그녀는 커튼 주름 사이에 숨을 때마다 안전하고 따스한 기분을 느꼈다. 그러나 지금 보니 그냥 안감을 댄 평범한 면 커튼이었고 이불로는 별 쓸모가 없어 보였다. 이저벨은 커튼을 다시 개켰다. 실망했지만 은근히 신이 나기도 했다. 이제 꼭대기 벽장을 뒤져볼 이유가 충분해졌다. 자신이 필립에게 이렇게 말하는 게 들리는 듯했다. 진 고모가 주신 커튼이면 될 줄 알았는데 소용없었어. 꼭대기 벽장을 볼 생각을 하다니, 운이 좋지 않아?

이저벨은 식탁 의자 하나를 가져다놓고 슬리퍼를 벗어던진 뒤 의자 위에 올라갔다. 벽장 안에 겨우 손이 닿긴 했지만 잘 보이지 않았다. 필립이 넣어둔 책의 딱딱한 모서리가 느껴졌다. 그러나 주변을 더듬거려 보아도 벽장의 옆면인 듯한 것만 만져졌다. 벽장은 겉으로 보이는 것보다 더 컸다. 그리고 L자 모양으로 벽 안 깊숙이 들어가 있었다. 그러나 그렇게 멀리까지는 이저벨의 손이 닿지 않았다. 필립이라면 뒤쪽 끝까지 확실하게 밀어넣었을 것이다.

이저벨은 가장 두꺼운 의학서 세 권을 꺼내 의자에서 내려왔다. 그리고 의자 위에 책을 쌓았다. 올라섰을 때 미끄러지지 않을지 손으로 확인해보았다. 아주 안정적이지는 않았지만 그녀는 균형감각이 훌륭한 편이었다. 손전등이 있으면 좋을 텐데. 그러나 그것은 필립의 잠자리 옆 탁자 위에 전화기와 함께 놓여 있었다. 밤에 전화가 올 경우를 대비해서 둔 것이었다. 그는 이저벨을 거의 깨우지 않고 일어날 수 있었다.

그녀는 쌓은 책들을 조심조심 밟고 올라가 벽장 가장자리를 잡았다. 이제 안쪽까지 손이 닿았다. 그녀의 손이 그 속으로 들어가 옆면을 훑었다. 손을 꺼내자 지저분한 거미줄이 잔뜩 묻어 있었다. 여전히 구석까지는 손이 잘 닿지 않았다. 필립이 책을 넣기 위해 밀어넣은 것이 저기 있을 텐데. 역시, 앳킨슨 부인 같은 여자가 물건을 숨기기에 딱 맞는 장소야……

이저벨은 발끝으로 서서 선반에 매달렸다. 의자가 흔들렸다. 금방이라도 떨어질 것 같았다. 그래도 조금만 더 높으면 저 뒤에 손이 제대로 닿겠는데……

그녀의 손에 천이 닿았다. 필립의 말대로 무언가 있었다. 교활한 앳킨슨 부인도 충분히 교활하지는 않군, 이저벨은 속으로 의기양양하게 말했다. 그러나 그게 무엇이든 여전히 너무 멀었다. 그것을 앞으로 잡아당길 수 없었다. 책을 한 권 더 쌓으면 될 것 같았다. 그녀는 바닥으로 뛰어내린 다음 외과시술에 대한 두꺼운 책을 한 권 더 쌓고 다시 올라갔다.

마침내 손이 닿았다. 그녀의 손이 두껍게 접힌 천을 잡았고 앞으로 잡아당겼다. 그것이 갑자기 쑥 나와 그녀의 팔에 안겼다.

하마터면 뒤로 넘어질 뻔했다. 이걸 어떻게 가지고 내려가지? 두 팔 가득 안고서 안전하게 내려갈 수는 없을 텐데…… 그럼 무릎을 굽히고 옆으로 뛰어내리면 어떨까, 바닥까지 얼마 되지 않는 높이였다. 그렇게 뛰어내리면 굴러떨어지는 것보다 다칠 가능성이 적었다.

이저벨이 뛰어내리자 먼지가 풀풀 날렸다. 바닥에 내렸을 때 무릎과 등뼈로 충격이 지나갔지만 넘어지지는 않았다. 그녀는 바닥에 있었다. 그리고 꾸러미는 펼쳐져 바닥에 널브러졌다. 그녀는 쭈그리고 앉아 필립이 소리를 내지 않는지 귀를 기울였다. 시끄러운 소리에 그가 깼을지도 몰랐다. 아무 소리도 들리지 않았다.

그것은 외투였다. 공군 장교의 제복 외투. 그녀는 머리를 얻어맞은 듯 기억이 떠오르며 당장 그것을 알아보았다. 묵직한 질은 회청색 모직물, 단추들, 묵직한 청동 버클이 달린 벨트. 오랫동안 개어진 채 있었구나, 그녀는 생각했다. 겉에는 거미줄이 있었지만 펼친 속은 깨끗했다. 외투는 몹시 무거웠다. 옷의 모양을 잡아주고 따뜻하게 덥혀줄 사람의 몸이 없으니 뻣뻣하기만 했다. 그녀는 먼지를 떨고 나서 솔질을 해야겠다고 생각했다.

이저벨은 외투를 들고 살금살금 걸어가 잠긴 셋집 문을 열고 복도로 나갔다. 그러나 건물 현관문은 잠겨 있고 빗장까지 걸려 있었다. 이걸 열면 너무 시끄러운 소리가 날 거야, 그녀는 생각했다. 집은 쥐죽은듯 고요했다. 그러나 이층에서 집주인이 소리 없이 문을 열고 층계참에 서 있을 것만 같아서 흘낏 뒤를 돌아보았다. 그녀가 밤낮으로 기다려온 그런 상황일 터였다. 세입자의 잘못된 행동을 입증할 증거.

이저벨은 집안으로 들어와 거실에 있는 커다란 창문의 걸쇠를 풀고 밀어올렸다. 차가운 공기가 밀려와 그녀 주위를 감쌌다. 그녀는 무거운 외투를 들어서 잠시 창문틀에 걸쳐놓았다가 밤공기 속으로 내보냈다. 그리고 펄럭펄럭 흔들어 어둠 속으로 먼지를 떨어냈다. 몹시 무거웠다. 마치 외투가 벗어나려고 그녀를 잡아당기는 것 같았다. 그녀는 한 손으로 외투를 꽉 잡고 다른 손으로 두들겨대면서 오랫동안 갇혀 있었던 벽장 속의 퀴퀴함을 떨어냈다.

이저벨은 군복 외투를 다시 집안으로 들여온 다음 얼굴 쪽으로 바짝 당겼다. 그리고 처음으로 냄새를 들이마셨다. 낡은 모직물에서는 바싹 마른 좀약냄새가 났다. 그러나 희미하게 매캐한 탄내, 그리고 이저벨의 어린 시절 기억이 물밀듯 밀려오는 냄새도 났다. 무성한 잡초, 달콤한 건초, 풀밭에 누워 반짝거리는 광활한 이스트앵글리아의 하늘을 올려다볼 때 다리 뒤 맨살을 따갑게 하던 풀대들. 나른한 귀뚜라미 울음소리, 종달새의 새된 노랫소리가 들렸다. 그녀는 거기 누워 토끼처럼 숨어 있었다. 그녀는 완벽하게 행복했다. 멀리서 또다른 소리가 시작되었다. 낮은 천둥 같은 소리. 그녀는 군인들이 엔진을 시험하는 중인 걸 알았다.

이저벨은 천천히 고개를 들고 현실로 돌아왔다. 오랫동안 벽장에 처박혀 있던 군복 외투에서 여름 들판 냄새가 날 수는 없었다.

집주인의 것이 틀림없었다. 그녀는 외투가 이저벨의 눈에 띄기를 바라지 않았을 것이다. 아니라면 왜 그리 신중하게 숨겼겠는가? 어쩌면 치워두고 그냥 잊어버렸을지도 몰랐다.

외투는 아주 따뜻할 것 같았다. 들고만 있어도 묵직한 모직물이 방의 한기를 막아주는 것 같았다. 갑자기 그녀는 생각해보지도 않고 필립의 가운 끈을 풀었다. 가운 안에는 아무것도 입지 않았다. 그녀는 팔을 꿰고 외투를 입었다. 그것이 무겁게 접히면서 그녀 위로 주저앉았다. 그녀에게는 너무 컸다. 그러나 그럴 줄 알고 있었다. 그녀는 외투 안에 감춰졌다. 창백한 맨발만 삐쭉 나와 있었다. 그녀는 단추를 만져보고 천을 쓸어내리며 질감을 느꼈다. 외투가 따뜻했지만 그녀는 몸을 떨었다. 그리고 입었을 때처럼 재빨리 다시 벗었다. 그녀는 바닥에 떨어진 필립의 가운을 집어 입고 끈을 단단히 묶었다.

그동안 필립은 내내 잠들어 있었다. 그녀는 침실로 들어가는 문으로 걸어갔다. 침대에 살짝 몸을 던졌지만 그는 꼼짝도 하지 않았다. 그녀는 심장이 조여오는 것을 느꼈다. 그는 천진하게 잠든 어린아이처럼 불빛도, 외투가 떨어지는 소리도, 이저벨도 의식하지 못하고 있었다. 그녀는 살그머니 침대 옆으로 다가갔다. 정적 속에 그의 얼굴은 조각된 것처럼 보였다. 숨쉬는 소리도 간신히 들렸다. 혼자 침대를 차지한 그는 머리 뒤로 한 팔을 올리고 반듯이 누워 있었다. 그의 꿈속에서도 이저벨의 자리는 없는 것 같았다. 전화기가 그의 옆에 두꺼비처럼 음침하게 쪼그리고 있었다. 그것이 울리면 그는 눈을 반짝 뜨고 정신이 들기도 전에 질문을 던지고 주의 깊게 들으면서 전문가답고 분별 있게 말하기 시작하리라는 걸 그녀는 알았다. 이저벨은 한낮에도 이 침대에 인질처럼 붙잡힐 때가 많은데, 필립은 그토록 쉽게 뿌리치고 자기 자신으로 돌아갈 수 있다니 신기하기만 했다.

그녀는 오랫동안 그를 바라보며 서 있었다. 그녀의 시선이 그를 깨울까봐 두렵기도 하고 그러지 않을까봐 걱정스럽기도 했다. 마침내 그녀는 그의 옆에 외투를 펼치고 자기 자리에 대한 권리를 행사하기로 했다. 필립은 외투의 감촉을 느꼈는지 살짝 움찔하더니 그녀와 군복 외투를 등지고 누웠다. 옆으로 누운 그는 여전히 잠든 채였다. 그리고 그의 어깨 위에는 두툼하게 담요가 덮여 있었다.

리놀륨 바닥은 얼음장처럼 차가웠다. 거실에 슬리퍼를 두고 오지 말았어야 했다. 이저벨은 덜덜 떨면서 얇은 이불 사이로 비집고 들어가 차가운 몸을 누였다. 그녀의 몸에 착 달라붙은 군복 외투가 그녀를 매트리스 깊숙이 내리눌렀다.

햇빛이 눈 속의 가시처럼 그녀의 잠을 깨웠다. 필립이 커튼을 다시 닫아놓고서 창가에 선 채 소매 단추를 채우고 있었다.

"당신은 인간도 아니야." 이저벨은 투덜거렸다.

"십 분 뒤면 여덟시야. 곧 나가야 해. 침대 위에 그건 뭐야?"

"벽장에서 찾았어. 얼어죽을 것 같았거든."

그가 가까이 와서 살펴보았다. "맙소사, 대체 어디서 난 거야?"

이저벨은 잉골드비 박사를 빼다박은 목소리와 말투를 알아차렸다. 필립은 바깥에서 잘나가고 있어, 그녀는 속으로 말했다. 그러고 나서 왠지 그를 배신하는 것 같아 이내 생각을 지워버렸다.

"앳킨슨 부인의 벽장에서. 그 여자가 신경쓸 것 같아?"

"그럴 것 같진 않아. 신경쓰는 거라면 이층 자기 집에 보관했겠지."

"그럼 침대에 두어도 괜찮겠지? 다음에 내가 없는 틈을 타 몰래 집안을 뒤지다가 화가 나서 미쳐버리진 않겠지?"

"맙소사, 이즈. 엄청나게 무겁고 먼지도 많을 거야."

"난 맘에 들어. 아늑하거든."

"그리고 앳킨슨 부인이 집안을 뒤진다는 건 무슨 소리야?"

"확실해. 나갔다 들어오면 모든 게 이상해 보일 때가 있어. 마치 누군가 물건을 옮겼다가 아주 조심스럽게 제자리에 돌려놓은 것 같은데 충분히 조심스럽지는 않았던 느낌이랄까. 아니, 그보다는 우리가 물건을 둔 자리 대신에 자기가 옳다고 생각하는 자리에 옮겨놓은 것 같아. 부인한테 열쇠가 있을 거야."

"내가 말해볼게."

"아니, 안 돼, 필! 그러지 마! 당신은 하루종일 집주인과 지내지 않잖아. 당신은 그 여자가 어떤 사람인지 몰라."

"당신이 지나치게 받아들이는 것 같아, 이즈."

"그런 것 같아?"

이저벨이 얇은 이불 너머로 그를 바라보았다. 그녀의 눈이 반짝반짝 빛났다. 여기서 보니 외투가 정말 이상해 보이네, 그는 생각했다. 그러나 그저 빛의 장난이었다.

"내가 가지고 있을래." 이저벨이 선언했다. "그 여자가 참아야지. 이런 영안실 같은 집에 담요도 충분히 주지 않는 못된 여자가 무슨 할말이 있겠어?"

그 단어를 듣고 필립은 뱃속이 꿈틀거렸다. 이저벨은 몰라, 그는 생각했다. 그녀에겐 그저 한 단어겠지. 영안실에 들어가본 적이 없으니까. 여긴 우리집이야, 그는 항변하고 싶었다. 그러나 대신에 이렇게 말했다. "주말에 장작을 구하러 가자."

"그래."

그녀는 그가 재킷을 입고 가방과 외투를 집어드는 걸 지켜보았다. 말끔하게 단장하고 학교 갈 준비를 마친 아이를 보듯 더할 나위 없이 자랑스럽게 바라보았다. 그는 침대 옆에 섰다. 그녀에게 키스하고 싶었지만 너무 오래 망설였다. 그는 침대에 누운 이저벨의 굴곡진 몸매를 보는 게 좋았다. 그러나 외투가 그녀를 완전히 덮어버렸다. 그녀는 일어나서 차를 끓이기는커녕 아무것도 하지 않으려 했다.

"다녀올게." 그가 말했다.

"늦어?"

"아마도." 그는 말했다. 그리고 차에 타자마자 그렇게 말한 것을 후회했다.

3

이저벨이 시장가방을 들고 복도에 나오자 집주인이 서 있었다. 그녀는 말아올린 머리에 머릿수건을 쓰고 손에는 표백제 통을 들고 있었다. 공용 욕실을 청소하려는 것 같았다. 이저벨은 그녀를 똑바로 쳐다보았다.

“벽장 하나에서 외투를 보았어요.” 그녀가 말했다.

“어떤 외투를 말하는 거지?”

집주인은 아주 잘 아는 게 틀림없었다.

“공군 장교의 제복 외투요. 안 쓰는 물건이라면 저희가 잘 때 덮으려고요. 담요가 충분하지 않거든요.”

“담요에 대해 불평한 사람은 아무도 없었어.” 집주인이 딱딱하게 말했다. 그녀의 눈이 뚫어져라 이저벨을 쳐다보았다. 이상하게도 전혀 놀란 것 같지 않았다. 오히려 맛있는 걸 먹은 사람처럼 흡족한 표정이었다.

"물론 아주머니께서 필요하시다면……" 이저벨이 말했다.

"난 필요없어." 집주인이 천천히 말했다. "얼마든지 쓰라고. 몇 년 전에 버렸어야 했는데. 나한테는 골칫거리일 뿐이야."

남의 집 벽장 깊숙이 처박아둔 물건이 어떻게 자기한테 골칫거리일 수 있지? 이저벨은 짜증스러워하며 생각했다. 정말 심술궂은 여자야.

"그럼 저희가 쓸게요." 그녀가 큰 소리로 말했다.

"그러시게, 캐리 부인." 집주인이 이저벨의 이름을 부른 것은 처음이었다. 오늘 집주인은 굉장히 늙어 보였다. 아니 늙었다기보다는 핼쑥하고 지쳐 보였다. 거의 여자로 보이지 않을 만큼 자신의 외양을 지우기 위해 갖은 애를 쓴 것 같았다. 신발조차도 남자들이나 신을 법한 투박한 단화였다. 그런 걸 신고 서 있는 모습이 마치 딱딱한 회색 기둥 같았다. 앳킨슨 씨가 살아 있을 때는 그녀도 지금과 달랐을 것이다. 좀 안됐네, 이저벨은 생각했다. 하지만 집주인이 만족스러운 눈빛을 번득인 건 여전히 거슬려.

"전쟁 때 공군이 이 집에 살았었나요?"

"그건 왜 묻지?"

"외투 때문에요."

"외투는 아무것도 아니야. 공군은 모두 비행장에 살았지. 새댁도 아는 줄 알았는데." 집주인은 입술을 꽉 다물었다. 왜 저 여자는 항상 저렇게 화가 나 있을까?

"폭격이 있을 때는 집이 성당에서 너무 가까워 걱정이 많았겠어요." 이저벨이 캐물었다. 우뚝 솟은 거대한 성당 건물은 베데커 공습* 때 주요 표적이 되었을 것이다. 이저벨은 마을에 여러 차례 공습이 있었다는 말을 이미 들었다. 자전거를 타고 가던 공군 한 명이 죽었고 극장도 폭탄을 맞았다. 그들이 성당을 겨냥했는지는 모르겠지만 어쨌든 성공하지 못했다.

"다 끝난 일이야." 집주인이 말했다. 이저벨은 저열한 호기심을 들킨 듯 얼굴이 붉어지는 것을 느꼈다.

이저벨은 시장에 갔다. 그녀는 시장을 좋아했다. 풍성하게 쌓여 있는 채소를 보는 것도 즐겁고 가판대 사이를 자유롭게 걸어 다니는 것도 좋았다. 그러나 상인들의 억양이 너무 세서 그들이 하는 말을 알아들을 수 없었다. 그래서 그녀는 곤란한 상황을 끝내기 위해 거의 마구잡이로 서둘러 물건을 샀다. 시장가방과 장바구니를 든 여자들이 그녀를 위협했다. 그들은 자신감이 대단

---

* 1942년 4월 독일이 영국의 문화유산만을 골라 보복 폭격을 가한 사건.

했고 날카로웠으며 말을 아꼈다. 그런 여자들이 두세 명만 머리를 맞대고 있어도 이저벨은 자기 이야기를 하는 거라 확신하고 고개를 빳빳이 든 채 지나갔다. 그녀는 문제가 많아 보였다. 너무 어리고 연약하고 지나치게 남부 스타일이었다. 한번은 생선가게 점원이 그녀에게 유난히 흐느적거리고 눈빛이 탁한 청어한 손을 골라주었는데 머릿수건을 쓴 덩치 크고 다부진 부인이 이저벨의 편을 들어 항의해준 적이 있었다. "조, 새로 오신 의사 선생님 부인에게 그런 걸 주려는 건 아니겠지."

이저벨은 어떻게 고마움을 전해야 할지 몰랐다. 안도감과 창피함 사이에서 갈피를 잡을 수 없었다. 다음번에는 다른 사람의 도움 없이 스스로 해결하겠다고 다짐했다. 그녀는 얼굴이 붉어지는 걸 느끼면서 살짝 고개를 숙였다. 도움을 준 부인이 투박하지만 친절하게 말했다. "저이가 나쁜 사람은 아니에요. 하지만 정신 똑바로 차려야 해요." 엄마 심부름으로 장바구니와 지갑을 들고 온 열두 살짜리들도 이저벨보다는 나았다.

그러나 식료품점에서는 그녀도 안전했다. 식료품점 주인의 아내는 랭커셔 출신으로 수다를 좋아하고 쾌활한 여자였다. 그녀는 고향의 친절한 분위기를 그리워했다. 계산대 뒤에서 재능을 썩히기엔 아깝네, 이저벨은 생각했다. 그녀는 〈살림〉*의 빳빳한 재담꾼들보다 더 재미나게 이야기할 줄 알았다. 어느 조용한 날,

이저벨이 머뭇거리며 주문을 했다. 가게 안에 그녀 외에는 손님이 없었다.

"전쟁 때 공군이 있을 적에는 마을이 꽤나 북적거렸겠어요."

"아, 그랬답니다. 공군들은 모두 레드 드래건에서 술을 마셨지요. 마치 거친 서부의 금요일 밤 같았어요. 그러다 공군들이 작전을 나가면 무덤처럼 조용해졌어요. 어느 한 명이라도 돌아오지 못하면 곧 알게 되었지요. 누군가 그 이야기를 전했으니까. 그들은 비행을 나가기 전 사물함에 소지품을 남겼어요. 개인적인 물건들 있잖아요. 때로는 이건 누가 가지고 저건 누가 가지라고 미리 말해두기도 했답디다. 시계 같은 것들은 가족에게 보내졌고요. 영국 공군들만 있었던 건 아니에요. 폴란드 사람, 캐나다 사람, 프랑스 사람, 나머지는 나도 잘 모르겠어요. 한번은 우리 가게에 뉴질랜드 사람 한 무더기가 들어온 적도 있었어요. 하나같이 180센티미터는 넘어 보였지. 아가씨들이 죄다 그 남자들을 따라다녔어요. 근데 결혼반지를 받은 여자보다 애를 밴 여자가 더 많았지."

"그럼 그들은 전쟁 기간 내내 여기 있었어요?"

"히틀러가 항복할 때까지요."

---

* BBC 라디오 방송 프로그램.

이저벨은 이상한 흥분을 느꼈다. "마을에 공습이 많았나요?"

"새댁이 사는 집도 거의 맞을 뻔했는데, 몰랐어요?"

"네."

"잘 보면 옆쪽에 아직도 금이 보일 거예요. 메우기는 했지만. 그럼 여섯시에 배달이 갈 거예요. 배달하는 애가 들어온 지 얼마 안 돼서 아직 못 말리게 어리바리하지만 성당은 찾을 수 있겠지. 암, 그렇고말고."

"집주인은 집이 피해를 입었다는 말을 한 적이 없어요."

식료품점 주인의 아내가 그녀를 날카롭게 쳐다보았다. "다른 일에 비하면 그건 말할 거리도 못 돼요. 게다가 그 여자는 전쟁 때 거기 살지 않았어요. 산 건 아니라고 해야겠지…… 원래 농장에 살았으니까."

이저벨은 자신이 어느새 계산대 위로 몸을 기울이고 있다는 걸 깨달았다. 남 얘기를 좋아하는 여느 여자들처럼. "그렇군요." 그녀는 얘기를 좀더 듣고 싶은 듯 나직이 답했다. 머릿속에 집주인의 모습이 떠올랐다. 온통 회색에 무뚝뚝하고 적대적인 태도. 그러나 어쩌면 그녀도 항상 그렇게……

가게 문에 달린 종이 딸랑거렸다. 낡은 트위드 정장에 모자를 쓴 여자 둘이 느긋하게 들어왔다. 그들은 하던 대화를 계속하면서 주문을 하려고 주위를 둘러보았다. 그들의 시선이 이저벨을 툭 건드리고 지나갔다. 희미하지만 오만함이 느껴졌다. 저들에게는 누구도 흐느적거리는 청어를 팔지 않을 거야. 어느새 식료품점 주인의 아내는 그들을 상대하고 있었다. 이저벨을 대할 때와는 사뭇 다르게 아첨하듯이 살짝 고개를 기울이고 있었다.

"안녕하세요, 헌틀리윈터튼 부인. 안녕하세요, 크로스비 부인. 뭘 도와드릴까요?"

이저벨은 잊혔다. 그녀는 슬며시 여자들 옆을 지나 가게를 나왔다. 한동안 그녀는 할일이 있는 것처럼 씩씩하게 걸었다. 좁은 골목길에 집들이 꽉꽉 들어차 있었다. 그리고 저만치 길 끝에 거대한 성당이 어렴풋이 보였다. 아기를 낳으면 그애들이 눈을 떴을 때 여길 보게 되겠구나, 이저벨은 생각했다. 커비민스터가 아이들의 고향이 될 것이다. 그러나 이곳을 고향처럼 느낄 수 있을까?

그날 밤 그녀는 군복 외투를 덮고 아주 깊이 잠을 잤다. 숙면에 빠져 있을 때 어디선가 전화벨 소리가 들렸다. 그러고 나서 필립이 수화기를 낚아채느라 이불이 당겨지는 것을 느꼈다. 그의 목소리가 물결처럼 그녀에게 밀려왔다. 그리고 그가 침대에서 빠져나가자 그녀의 몸 위로 차가운 공기가 스며들었다.

"필?"

"쉿, 어서 자. 산모에게 가봐야 해."

"차라도……"

"어서 자래도, 이즈." 그는 한 손으로 이불을 그녀의 몸 위에 꼭꼭 덮어주었다. 차를 타고 황량한 마을을 달릴 때 그녀가 따뜻하게 웅크리고 있는 모습을 생각하면 기분이 좋았다.

외투가 그녀를 내리눌렀다. 당장 걷어내고 싶었다. 정말이지 너무 무거웠다. 그러나 그녀는 다시 잠에 사로잡혔다. 팔다리가 녹아내리는 것 같았다. 그녀는 샛바람에 실려오는 습지의 짠내를 맡으며 서펵의 드넓은 하늘 속으로 깊이 빠져들었다.

"크리스마스에 너희 어머니와 아버지가 오실 거야." 고모가 말했다. 단호하고 현실적인, 완전히 믿을 수 있는 목소리였다.

무언가 두드리는 소리가 서서히 꿈속으로 들어왔다. 사촌 찰리가 탁자 아래를 두드리고 있었다. 수학 숙제를 하는 그녀를 약올리려는 속셈이었다. 그는 벌써 숙제를 끝냈다. 똑똑, 똑똑, 똑똑, 손가락이 한 번 움직일 때마다 소리는 점점 더 커졌다.

"그만해, 찰리." 그녀가 꿈속에서 말했다. 그런데 주위를 둘러보았더니 찰리가 없었다. 한 남자가 그녀와 함께 탁자 앞에 앉아 있었다. 그는 손톱 하나가 길었다. 몸통의 거의 두 배만큼이나 자란 손톱이 뼈처럼 누렇고 갈고리처럼 휘어 있었다. 똑똑 소리를 낸 것은 그 손톱이었다. 그리고 남자는 그녀를 보며 웃고 있었다. 그때 아주 천천히, 아무도 알아챌 수 없게 그가 윙크를 했다.

이저벨은 잠에서 깨어 몸을 일으켰다. 그녀가 꼿꼿이 앉자 잠옷이 팽팽하게 당겨졌다. 심장이 쿵쾅거렸다. 기분 나쁜 꿈이었어, 그녀는 속으로 말했다. 현실이 아니야. 그러나 머릿속에서 고모 목소리가 계속 들렸다. "크리스마스에 너희 어머니와 아버지가 오실 거야." 그리고 똑똑 소리를 내던 남자도 여전히 다 안다는 듯 윙크를 했다. 필립의 자리는 비어 있었다. 그는 전화를 받고 나갔을 것이다.

그녀를 깨운 똑똑 소리는 그치지 않았다. 바늘을 올린 후에도 한동안 돌아가는 레코드처럼 꿈이 계속되고 있는 게 틀림없었다. 똑똑, 똑똑, 똑똑. 부드럽지만 고집스럽고 단호한 소리. 그 소리는 실제였다. 거실에서 들려오고 있었다. 누군가 유리…… 창문을 두드리는 소리 같은데……

안도감이 밀려왔다. 필립이 열쇠를 두고 간 게 틀림없었다. 그래서 그녀의 주의를 끌려고 창문을 두드리는 것이었다. 이 시간에 초인종을 울려 집주인을 깨우고 싶지 않았을 것이다.

이저벨은 군복 외투를 집어들고 어깨에 걸쳤다. 그가 돌아와서 정말 다행이었다. 그녀는 차를 끓이고 그는 환자에 대해 이야기할 것이다. 모든 게 다 괜찮을 것이다. 그녀는 차가운 리놀륨 바닥을 달려 거실로 갔다. 불도 켜지 않은 채 창가로 다가갔다. 그리고 커튼을 젖혔다.

창문 밖에 한 남자가 있었다. 그녀는 먼저 그의 창백한 얼굴을 보았다. 마치 유리에 붙어 까딱거리는 것 같았다. 땅을 딛고 선 남자의 얼굴이라기엔 너무 높았다. 가로등이 옆에서 비추고 있어 얼굴 위로 진하게 모자 그림자가 드리웠다. 그는 너무 가까이에, 집과 도보 사이의 난간 안에 들어와 있었다. 물론 바깥의 땅은 집안 바닥보다 더 높았다. 그래서 그가 공중에 떠 있는 것처럼 보였다. 남자는 군복 외투를 입고 있었다. 공군 장교의 제복, 그녀의 침대 위에 있는 것과 완전히 똑같았다. 잘못 볼 리 없었다. 그는 장교였다. 저 밖에 있는 그는 흔히 볼 수 있는 군인이고 더없이 안전했다. 그러나 그녀는 두려움에 심장이 조여왔다. 문제는 그의 표정이었다. 남자는 당연히 아는 사람을 보는 듯한, 너무 익숙해서 한마디 말도 필요없는 사람을 보는 듯한 표정이었다. 그러나 그녀는 그를 평생 한 번도 본 적이 없었다.

그가 그녀에게 엄지손가락 두 개를 들어 보였다. "그럼 그렇지. 내가 두드리는 소리를 못 들은 줄 알았잖아"라고 말하는 것 같았다. 그녀는 꼼짝도 하지 않고 그를 빤히 바라보았다. 그는 젊었다. 그녀와 동갑이거나 어쩌면 한두 살 더 많을 것 같았다.

머릿속이 어지러웠다. 그는 그녀를 안다고 생각하지만 그녀에게 그는 완전히 낯선 사람이었다. 그는 창문 바깥에 있었다. 초인종을 울리거나 사람들을 깨우고 싶어하지 않았다. 그러나 그는 여전히 필립이 아니었다.

갑자기 생각이 멈추고 몸이 움직였다. 그녀의 팔이 커튼을 홱 잡아당겨 창문을 가렸다. 이제 남자는 보이지 않았다. 방은 어두웠다. 외투를 바짝 잡아당기고 가만히 서 있으니 귀에 피가 몰리는 게 느껴졌다. 아직도 창문 바깥에서 기다리고 있을까? 그녀가 깨기 전까지 얼마나 오래 두드리고 있었을까? 필립이 집에 오면 얼마나 좋을까.

그러나 이내 그녀는 자신을 꾸짖었다. 어쩜 그렇게 면전에서 커튼을 닫아버렸을까? 정말 못 말리는 겁쟁이였다. 틀림없이 그는 길을 잃었을 테고 도움을 청하고 싶었을 것이다. 그녀는 멀지 않은 곳에 다른 비행장들이 있다는 것을 알았다. 그리고 몇몇은 여전히 사용중이었다. 성당은 이 마을의 주요 건물이었고 근처의 집에 길을 물어보는 것은 자연스러운 일이었다. 공군은 격식을 차리지 않았다. 그들은 엄지손가락을 들어 차를 세우거나 여자들에게 휘파람을 부는 일을 곧잘 했다. 그는 그녀를 겁주려던 게 아니었다.

이저벨은 조심스럽게 다시 커튼을 들추었다. 아무도 없었다. 그녀는 크게 안도의 한숨을 내쉬었다. 그녀는 몰랐지만 실망의 한숨이기도 했다. 가로등이 빛나고 있었다. 정전이 되던 시절은 벌써 몇 년 전이었지만 가로등은 지금도 축복처럼 느껴졌다. 그녀는 어둠 속에서 어린 시절을 보냈다. 이저벨은 다시 커튼을 젖히고 창문을 더듬어 걸쇠를 찾아 풀었다. 창문이 부드럽게 올라갔다. 그녀는 차가운 밤공기 속으로 몸을 내밀고 오른쪽과 성당이 있는 왼쪽을 차례로 살펴보았다. 아무도 없었다. 거리는 고요했고 마을은 숨죽인 채 잠들어 있었다. 자동차 한 대도 지나가지 않았다. 그는 모퉁이를 돌아 사라지고 없었다. 그녀는 발소리가 들리지 않는지 열심히 귀를 기울였다. 그러나 아무 소리도 들리지 않았다.

밤공기는 정말 근사했다. 차갑고 상쾌하고 거칠었다. 마치 마을에 시골의 기운이 불어온 것 같았다. 그러나 바람은 불지 않았다. 그녀는 외투 속으로 몸을 움츠렸다. 칼라가 목에 쓸렸다. 그래, 분명 다른 사람이 도와줄 거야. 거리와 가로등 기둥에 서리가 내려앉아 있었다. 성당 지붕이 달빛을 받아 희미하게 반짝거렸다. 남자는 이런 밤에 오래 돌아다니지는 않을 것이다. 큰길로 나가 엄지를 올려 지나가는 트럭을 세우거나 어디든 머물 만한 곳으로 갔을 것이다.

그녀는 침대로 돌아가야 했다. 필립이 돌아와서 그녀가 반쯤 언 채로 창밖에 몸을 내놓고 있는 걸 보면 어쩌지? 아침이 되면 그는 아무렇지도 않은 듯한 말투로 또 물을 것이다. "이즈, 적응하고 있는 거지? 여기가 마음에 들어?" 아니면 더 나쁜 상황은 아무것도 묻지 않는 것이다. 그는 말없이 근심할 것이다. 불쌍한 이즈, 혼자 속을 끓이고 있어.

그녀는 머리를 집안으로 들이려고 양손으로 차가운 창틀을 잡았다. 그런데 어떤 소리가 그녀를 멈춰 세웠다. 아주 멀리서 공기를 긁는 듯한 진동이 느껴졌다. 그녀는 한참을 귀를 기울였지만 소리는 더 가까워지지 않았고 무슨 소리인지도 알 수 없었다. 소리는 점점 희미해지면서 마치 가닿을 수 없는 기억처럼 성가시게 약을 올리다가 마침내 완전히 잠잠해졌다. 이저벨은 머리를 집안으로 들이고 창문을 내린 다음 걸쇠를 채웠다. 그녀는 다시 커튼을 닫았다. 그리고 이번에는 전등 스위치가 있는 곳으로 더듬더듬 걸어갔다. 칙칙하고 추하고 따분한 거실이 갑자기 눈앞에 나타났다. 몇시일까? 세시 십분이었다. 그리고 필립은 어딘가, 어느 산모 곁에 있을 것이다. 그는 이저벨과 너무 멀리 떨어져 있고 그의 생각 속에 그녀는 없을 것이다.

그녀는 그렇게 커튼을 닫지 말았어야 했다. 겁쟁이 같은 행동이었다.

필립이 돌아왔을 때 그녀는 여전히 깨어 있었다.

"몇시야?"

"네시 삼십분."

그는 침대 옆 전등을 켜고 무거운 몸을 내려놓았다.

"괜찮아, 필?"

"괜찮아."

"괜찮아 보이지 않아."

"사산이었어. 목에 탯줄이 감겼더라고. 게다가 출혈 때문에 아이 엄마도 잃을 뻔했어."

"산모를 요크로 옮겼어?"

"결국에는 그랬어. 그 좁은 길이 어떤지 알잖아. 구급차가 그 길을 지나가는데 얼마나 오래 걸렸는지 몰라. 정말 끔찍한 악몽 같았어."

"그 사람 첫 아기였지, 그렇지?"

"응? 아, 맞아. 첫 아기였어. 실은 노산인 초임부였어."

"가엾어라." 이저벨은 반백의 여자가 죽은 아기를 낳으려고 안간힘을 쓰는 모습을 떠올리며 말했다. "몇 살이었는데?"

"서른."

"서른이라고! 그렇게 나이가 많지도 않은데."

"몇 살부터 노산으로 정의해야 하는지에 대해서는 의견이 분분하지." 필립은 신이 나서 말했다. "스물여섯부터 노산이라고 생각하는 친구도 있어. 하지만 그 친구는 지금 인도에 있지."

"누군가를 그렇게 묘사하다니 불쾌하네."

"이저벨, 그건 의학적 목표를 정의하는 데 필요한 정확한 묘사야. 그게 우리가 일하는 방식이야."

그는 지쳐 있었다. 그는 실패를 싫어했다. "차를 끓일게." 이저벨이 말했다.

"나 때문에 굳이 그럴 거 없어. 그냥 잘게."

그는 언제나처럼 체계적으로 옷을 벗어 침대 옆 의자에 쌓아두었다. 그녀는 안쓰러워하며 그의 몸을 바라보았다. 세 시간 후면 그는 다시 일어나 씻고 옷을 입고 하루를 시작할 준비를 할 것이다. 그녀가 안쓰러워하는 줄 알면 그가 싫어할 것이다. 이 모든 것을 위해 그는 그렇게 오랜 시간 일했다.

필립이 양말을 든 채 그녀를 돌아보았다. "이거 빨아야겠어. 그 여자한테 뭐라고 말해야 할지 모르겠더라고. 여자는 누워 있었고 아기가 죽은 걸 알았어. 하지만 아무도 말을 안 했지. 내게 아들인지 딸인지 묻더군. 나는 아들이라고 말했지. 자기와 남편은 아들을 원했대. 그런데 태반에 문제가 있는 게 발견되었고."

"당신이 할 수 있는 최선을 다했어."

그는 한숨을 쉬었다. "그래도 내가 애쓴 덕분에 죽을 만큼 피를 흘리진 않았을 거야. 대단한 밤이었어. 그리고 아래층에는 남편이 기다리고 있었지. 그 망할 외투 좀 치워, 이즈. 나 좀 누울게."

지금은 길을 잃은 공군 장교에 대해 말할 때가 아니었다. 필립은 침대 옆 전등을 끄지도 않고 금세 잠이 들었다. 그녀는 그의 턱 옆에 면도하다 생긴 작은 상처를 보았다. 어제 아침 면도를 하면서 서두른 게 틀림없었다. 벌써 짧고 까만 수염이 피부를 뚫고 나오고 있었다. 그는 그녀의 시선을 느낀 것처럼 움찔하더니 등을 돌려 베개에 얼굴을 묻었다. 그녀는 한참을 가만히 누워 있었다. 누가 물었다면 아무 생각도 하지 않았다고 말했을 것이다. 한번은 거실에서 창문 두드리는 소리가 들리는 듯해 긴장했지만 아무 소리도 아니었다. 전등은 여전히 켜져 있었다.

"사랑해." 그녀는 필립의 등에 대고 말했다. 그것은 진실이었지만 거짓처럼 들렸다. 대신에 그녀는 나지막하게 속삭였다. "당신은 내 남편이야." 그것 또한 진실이었다. 그 단어는 그녀의 삶을 깊이 갈라 새하얀 상처를 남긴 결혼식을 떠올리게 했다. 그녀는 신부였다. 자기 자신을 지칭하기엔 너무 무겁게 느껴지는 단어들이 있지, 이저벨은 생각했다. 아내. 어머니. 그러나 필립은 평생 다른 사람 행세를 하는 듯한 기분을 느껴본 적이 없는 것 같았다. 아마도 그래서 자신이 그와 결혼했을 거라는 생각이 들었다. 낮에는 절대로 하지 않을, 한밤중에나 할 법한 차가운 생각이었다. 여섯시 무렵 그녀는 잠들었다. 아주 깊이 잠에 빠져서 필립이 일어나는 소리에도 깨지 않았다.

"그래, 좀 따뜻해졌어?" 집주인이 층계 꼭대기에 서서 이저벨을 내려다보고 있었다.

"뭐라고요?"

"그 외투 말이야."

"아, 외투요." 이저벨은 대수롭지 않다는 듯 말했다. "네, 고마워요. 따뜻해요. 근데 깃털이불이 있으면 좋겠어요." 그러고 나서 무례했던 것 같아 이렇게 덧붙였다. "외투 소재가 훌륭하더라고요."

집주인의 쌀쌀한 얼굴이 약간 누그러졌다. "그야 그렇지." 그녀가 힘주어 말했다. "그런 군복 외투는 오래 입을 수 있게 만들어졌거든."

그 외투가 누구 거냐고 당신한테 물을 수도 있겠지, 이저벨은 생각했다. 왜 그렇게 벽장 속에 처박아두었냐고 물을 수도 있을 거야. 하지만 당신이 대답을 거부하는 만족감을 느끼게 하진 않겠어. 왜 이런 여자의 비위를 맞춰줘야 한다고 느끼는 걸까?

"옷을 망가뜨리지는 마." 집주인이 말했다. "원한다면 덮고 자도 돼. 당신 남편이 반대하지만 않는다면."

"남편은 덮지 않아요. 그는 추위를 타지 않으니까요."

"남자들은 원래 그래, 그렇지? 몸안에 엔진이 들어 있는 것 같다니까." 집주인의 얼굴에 생기마저 도는 듯했다.

이저벨은 움찔했다. 이 여자, 혹은 누구하고도 남자에 대해 토론하고 싶지는 않았다. 더구나 필립에 대한 이야기는 더더욱 싫었다. 외투를 어느 쪽에 덮는지에 대해 아무 말도 하지 말았어야 했다. 너무 사적인 주제였다. 그건 마치 집주인에게 그들의 침실로 들어오는 걸 허락하는 것과 같았다. 그리고 그녀는 분명히 들어온 적이 있었다. 확신해, 이저벨은 생각했다. 내가 없으면 집안을 엿보고 뒤지고 다니는 걸 모를 줄 알고. 난 참지 않을 거야.

"가봐야겠어요." 그녀는 차갑게 말했다. "아주머니도 할일이 있을 테니까요."

"절대 끝이 없어. 일이라는 게, 그렇지?" 집주인이 대답했다. 그리고 그녀는 여전히 팔짱을 낀 채 층계 꼭대기에 서서 이저벨이 나가는 것을 지켜보았다.

4

그녀는 다시 비행장에 가볼 것이다. 회색빛 하늘에는 진눈깨비가 날렸지만 마을에서 멀어질수록 이저벨은 피가 끓었다. 조금 있으면 성당은 점점 가라앉아 시야에서 사라질 것이다. 그녀는 혼자였고 자유로웠다. 헐벗은 채 엉켜 있는 산울타리 사이로 갈아엎은 기다란 땅이 보였는데 진흙과 서리가 뭉쳐 자주색과 검붉은색이었다. 그녀는 튼튼한 신발 굽이 길에 부딪히는 소리와 차가운 공기에 섞이는 자신의 입김을 즐기며 빠르게 걸었다.

"일자리를 구해야겠어." 그녀는 혼잣말을 했다. 아이들의 시험공부를 봐줄 수도 있었다. 프랑스어 회화를 가르칠 수도 있었다. 그녀의 발음은 훌륭했다. 프랑스 사람들도 그렇게 말했다. 그러나 그녀가 그 얘기를 꺼냈을 때 필립은 좋아하지 않았다.

"그럴 필요 없어, 이즈." 그는 마치 그녀가 자신을 모욕하기라도 한 것처럼 화가 난 얼굴이었다.

"그냥 개인교습을 조금 해보려는 거예요."

"그래. 하지만 이집 저집 돌아다닌다는 게……" 그는 하려던 말을 차마 할 수 없었다. 그가 그녀를 부양하고 안전하게 지켜준다는 사실이 그에게 무엇을 의미하는지 이저벨은 이해하지 못했다. 그는 그녀가 다른 사람의 집을 찾아가 문간에 서 있는 모습을 떠올렸다. 그리고 그녀가 귀 뒤로 머리카락을 넘기면서 고개를 들고, 그가 좋아하는 고독한 분위기를 미묘하게 풍기며 길을 내다보는 모습을 상상했다. 그들은 문을 열어주고 그녀의 교습을 기대할 것이다. 그녀가 얼마나 아름다운지 아무도 모를 것이다. 그의 어머니는 너무 창백한 이저벨이 매일 밤 보브릴*을 마시고 철분을 섭취해야 한다고 생각했다. 머리카락 얘기가 나왔으니 말인데, 왜 이저벨은 파마를 하지 않고 미끈거리는 긴 머리채를 등에 늘어뜨리고 다닐까? 아니면 몇 가닥만 얼굴 주위에 내려오게 하고 뒤로 올려서 핀을 꽂는 게 더 낫지 않을까? 물론 필립의 어머니가 그런 말을 한 적은 한 번도 없었다. 어머니는 그런 사람이 아니었다. 암시를 주거나 실수인 척 본심을 흘리거나 의

* 쇠고기 추출물로 만든 자양액.

미심장한 침묵을 지키는 게 어머니의 방식이었다.

사람들이 의사의 아내가 일을 하는 게 이상하다고 생각할까봐 걱정하는구나, 이저벨은 생각했다. 산울타리 쪽으로 손을 뻗어 가지 하나를 잡아당겨 부러뜨렸다. 그리고 바싹 마른 돼지풀 덤불을 흔들어 씨를 날려보냈다.

"당신 스스로를 천하게 만드는 짓이야, 이즈." 필립이 굳은 얼굴로 그녀에게 말했다.

'스스로를 천하게 만든다고!' 그녀는 말도 하기 싫을 만큼 화가 나서 고개를 돌려버렸다.

방과후 매일 저녁 비가 오나 바람이 부나 자전거를 타고 식료품을 배달해야 했다면 당신도 다를 거야, 그는 생각했다. 그녀는 그런 느낌을 절대로 모를 것이다. 그럼에도 그는 그녀를 보호할 것이다.

모든 것에서 멀어지니 정말 좋구나, 이저벨은 팔을 흔들며 씩씩하게 걸으면서 생각했다. 추위에 살갗이 아렸지만 상관없었다. 그녀는 날카로운 편동풍에 익숙했다. 편동풍은 시베리아에서부터 모든 걸 쓸어버리는 바람이었다. 그녀는 집안에서만 뼛속까지 시린 추위를 느꼈다. 그러나 이제 모든 것에서 탈출했다. 집, 숨막히는 집주인의 존재, 가게들, 좁은 골목길, 그들의 집 위로 토템 기둥처럼 우뚝 솟은 거대한 성당. 그녀는 겁이 나더라도 비행장에 다시 가볼 것이다.

이번에는 주저하지 않았다. 그녀는 버려진 초소를 지나 허물어져가는 비행장으로 들어갔다. 조금 전보다 더 거센 바람이 그녀를 뒤흔들었다. 불과 칠 년 전만 해도 이 비행장에 사람들이 가득했다는 게 믿기지 않았다. 이저벨은 가볍게 발걸음을 옮겼다. 길은 망가졌고 사방에 진흙이 보였다. 전쟁 때는 겨울이면 언제나 진흙투성이였지, 그녀는 회상했다. 군인들은 반원형 막사에 살았고 막사들 사이를 이동할 때는 자전거를 탔다. 군인들은 자전거가 꼭 있어야 해, 고모가 말했다. 동네 젊은 남자 하나가 그린맨 술집 앞에 세워진 어느 중사의 자전거 타이어를 칼로 그은 일이 있었다. 파괴공작이야, 고모는 말했다. 찰리가 나중에 이저벨에게 말해준 바로는 어떤 여자 때문이었다.

지금 자전거가 있으면 좋겠다는 생각이 들었다. 그녀는 아주 작고 하찮은, 손가락 하나로도 으스러질 수 있는 미약한 생명일 뿐이었다. 굉음을 내며 하늘을 날아가는 랭커스터의 어마어마한 크기가 떠올랐다. 이저벨은 격납고를 지나 계속 걸었다. 마치 주요 활주로에 자석이 있어서 그녀를 끌어당기는 것 같았다. 그녀는 끝도 없이 길게 펼쳐진 활주로를 바라보았다. 지금은 어떤 비행기도 이곳에 착륙할 수 없었다. 아마도 세월이 흐르고 혹독한 겨울을 보내면서 표면이 울퉁불퉁해졌을 것이다. 어쩌면 이저벨이 헤아릴 수 없는 어떤 이유로 일부러 망가뜨렸을지도 모른다.

비행장 둘레의 도로에서 바람이 신음소리를 냈다. 다시 두려움이 일었다. 용감하게 여기까지 왔지만 두려움은 여전히 그녀보다 더 강했다. 그녀가 한 손을 내밀면, 제대로 끝을 맺지 못하고 갑자기 침묵하게 된 수많은 생명을 건드리게 될 것만 같았다. 그 침묵은 어떤 소음보다도 더 무겁게 깔려 있었다. 그들은 여기 있었다. 그녀는 알았다. 모터바이크를 타고 시골길을 달리던 남자들. 또는 랭커스터를 타고 하늘을 날며 천둥 같은 소리로 어린 이저벨의 침실 벽을 떨리게 만들던 남자들.

그들은 여기 없었다. 그들은 사라졌다. 생존자들은 자기 삶으로 돌아갔고 죽은 자들은 죽은 자가 있는 어디론가로 갔다. 그들이 계류장에서 그 검고 거대한 비행기를 천천히 앞으로 움직여 좁은 콘크리트 유도로를 따라 배정된 활주로로 들어가는 일은 다시 없을 것이다. 그녀와 찰리는 공군들의 얼굴을 올려다보면서 그들이 하는 이야기를 들었다. 작전에 대한 말은 없었다. 그들은 절대 작전 얘기를 꺼내지 않았다. 그리고 그녀와 찰리는 그걸 물을 정도로 어리석지 않았다. 그러나 그들은 랭커스터 이야기를 하는 것은 좋아했다.

바람결에 모래가 날아왔다. 그녀는 눈을 감았다. 가야 할 시간이었다. 그리고 다시는 이곳에 오지 말아야 했다. 모든 것이 끝났고 이곳이 버려진 데는 그럴 만한 이유가 있었다. 이곳은 전시에 사용했던 폭격 기지였다. 그녀와 찰리가 홀린 듯 자전거 페달을 밟아 최대한 가까이 가보았던 그 기지처럼.

그녀는 서쪽으로 걷기 시작했다. 석양의 붉은 줄무늬 위로 짙은 먹구름이 조각조각 부서지고 있었다. 그녀는 고개를 돌려 아직 유리가 깨지지 않은 게 분명한 관제탑 꼭대기에 그 반사상이 고동치는 걸 보았다. 번쩍, 또 한번 번쩍, 빛이 번득였다.

그날 밤 필립은 비번이었다. 그는 사과주 한 병과 감자칩 두 봉지를 들고 집에 돌아왔다. 이저벨은 불꽃이 날릴 때까지 난롯불을 쑤시고 라디오를 틀어 라이트 프로그램*에 주파수를 맞췄다. 예상했던 대로 댄스음악이 나왔다.

"근데 당신 피곤한가봐." 그녀는 필립이 의자에 기대는 모습을 보며 말했다. 그는 사과주를 길게 한 모금 마시고 그녀에게 미소를 지어 보였다.

"당신이 내 소금도 먹어." 그가 말했다.

이저벨은 파란 종이에 싸인 소금 두 뭉치를 그녀의 감자칩 봉

* 1945~1967년 영국에서 운영된 BBC 라디오 채널.

지에 모두 털어넣었다. 그리고 봉지 윗부분을 잡고 세게 흔들었다. 그녀는 감자칩을 하나씩 꺼내 천천히 만족스럽게 먹었다. 필립은 빈 잔을 내려놓았다. 그녀가 잔을 채워주려고 손을 뻗는데, 그가 잔 위로 손을 올렸다. "이따 나가봐야 될지도 몰라."

"하지만 오늘은 비번이잖아."

"맞아, 그런데 방문간호사가 폐기종 환자 문제로 전화를 했어."

"잉골드비 박사는 일을 하긴 하는 거야? 혹시 매일 저녁 집에 죽치고 앉아 재닛이 만든 양털 담요만 끌어안고 있는 거 아니야?"

"모두 가치 있는 경험이야, 이즈. 이럴 줄 당신도 알고 있었잖아."

"응, 알고 있었어."

"드라마 같은 건 없나?"

"음악 싫어?"

"괜찮아. 당신이 좋으면 그냥 둬."

아홉시 사십오분, 전화가 울렸다. 필립이 벌떡 일어나 받았다. 침실 문 너머로 그의 목소리가 들려왔다. 전화를 할 때면 튀어나오는 전문가답고 명쾌한 목소리. 그녀는 그가 증상과 찾아가는 길을 받아 적는 소리를 들었다. 그는 아직 모든 환자들의 집을 알지 못했다. 그러나 이런 속도라면 곧 전부 알게 되겠지, 그녀는 생각했다.

그가 나간 후 그녀는 유리잔과 감자칩 봉지를 치우고 사과주 병의 마개를 닫았다. 그러고 나서 잠깐 생각한 후 마개를 다시 열어 다른 잔에 따랐다. 그리고 약처럼 단숨에 마셔버렸다. 머리가 웅웅거렸다. 그녀는 침대에 쓰러져 아무 생각도 할 필요 없는 캄캄한 잠 속으로 빠져들 것이다.

이저벨은 랭커스터 꿈을 꾸었다. 폭탄을 가득 실은 비행기들이 어찌나 낮고 무겁게 날아오는지 자칫하면 공중에서 중심을 잃고 잠자는 마을 위로 고꾸라질 것처럼 보였다. 그녀는 비행기들이 더 높게 날기를 바라면서 긴장한 채 누워 있었다. 그러고는 투명한 지붕을 통해 위로 지나가는 비행기의 배 부분을 똑바로 쳐다보았다. 그리고 금속을 관통해 비행기 안도 볼 수 있었다. 그 안에는 남자들이 있었다. 제어판 앞에 석탄 운반부 같은 조종사가 앉아 있었고 그 옆에는 부조종사가 조종사를 도와 스로틀을 밀어서 짐을 가득 실은 짐승이 밤하늘을 날아가게 했다.

천둥 같은 엔진소리 사이로 그녀는 노크 소리를 들었다. 이번에는 누군지 단번에 알았다. 그녀는 스르륵 눈을 뜨고 외투를 끌어당겼다. 그는 전처럼 거실 창밖에 있을 것이다. 이번에는 겁쟁이처럼 굴지 않을 것이다. 그녀는 가서 그가 무엇을 원하는지 알아볼 것이다. 틀림없이 마을에서 술을 마시고 길을 잃었을 거야,

그녀는 생각했다. 길을 물어보려는 거겠지.

어둠 속에서 그녀는 슬그머니 다시 커튼을 젖혔다. 거기 그가 있었다. 가로등이 그를 비추었고 그는 다시 창문에 한 손을 올렸다. 그러나 이번에는 두드리지 않았다. 그는 손바닥을 펼쳐 유리에 대고 이저벨을 바라보았다. 그녀는 외투를 바짝 잡아당겼다. 머리는 엔진소리 때문에 여전히 멍했다. 머리를 흔들어도 소리는 쉽게 사라지지 않았다. 그는 무언가를 기다리는 듯 그녀를 유심히 바라보았다. 갑자기 그녀는 그게 무엇인지 깨달았다. 그녀는 왼손을 들어 그의 오른손과 겹치도록 유리에 갖다댔다. 그의 손이 더 넓고 길었기 때문에 딱 맞지는 않았다. 그래서 그녀의 손을 감싼 듯한 그의 손 윤곽이 여전히 보였다. 이제 그들 사이에는 아주 얇은 유리 한 장 말고는 아무것도 없었다. 유리는 차가웠다. 그리고 얼마 후에는 그녀의 체온이 전달된 듯 조금 따뜻해졌다. 그녀는 넋을 잃고 가만히 서 있었다. 그때 그의 입술이 움직이는 것을 보았다. 그것은 그녀의 이름을 말하는 모양으로 움직이고 있었다.

"이-저-벨. 이-저-벨." 그는 말하고 있었다. 그러나 실제로 소리가 나는지는 알 수 없었다. 그는 유리 건너편에 있었다.

유리가 깨질 수도 있어, 그녀는 생각했다. 순간 덜컥 겁이 났다가 이내 사그라들었다. 창문에 주먹을 내리칠 만한 남자는 아닌 것 같았다. 그들의 손은 여전히 유리 위에 있었다. 그의 체온이 느껴지는 것 같았다. 그 순간 그가 손을 내렸다. 그리고 재빨리 장난스럽게 경례를 하고 나서 뒤돌아 난간을 훌쩍 넘고는 거리를 걸어가기 시작했다. 모퉁이에 가로등이 하나 더 있었다. 그가 그 아래를 지나가자 몸의 윤곽이 깨진 유리처럼 날카롭고 선명하게 보였다. 그는 왼쪽으로 돌아 어둠 속으로 사라졌다.

이저벨은 커튼이 손에서 미끄러지게 내버려두었다. 그러고 나서 다시 커튼을 닫았다. 그때까지 심장이 얼마나 빨리 뛰는지 미처 몰랐다. 그리고 코트 안이 따뜻했다. 이 추운 집에서 한 번도 느껴본 적이 없는 따뜻함이었다.

그제야 그녀는 생각했다. 저 남자가 내 이름을 어떻게 알았지? 그들이 마주보고 있었을 때는 그가 그녀의 이름을 아는 게 그저 자연스러워 보였다. 필립이 다른 방에서 그녀를 부르는 소리를 그가 들었을 수도 있었다. 누군가의 이름을 알아내는 건 어렵지 않았다.

이제 그녀도 그가 이방인이 아니라는 걸 분명히 알았다. 그는 이 지역에 익숙했다. 근처 기지에 있는 게 틀림없었다. 그날 밤 커비민스터에 왔다가 길을 잃었다면…… 하지만 그런 일이 두 번 일어날 수는 없지 않을까? 누가 사는지도 모르는 집에 와서 똑같은 창문을 두드리는 일이 두 번씩이나 되는 건 이상했다. 그리고 입 모양으로 그녀의 이름을 말한 건……

머릿속으로 논리적이고 합리적인 생각들이 후다닥 지나갔다. 그러나 마음 깊은 곳에서는 팽팽하게 당겨진 줄처럼 어떤 떨림이 느껴졌다. 그녀는 무서워해야 했다. 그런데 어떻게 무서울 수 있지? 지금은 생각하지 말자, 그녀는 결심했다. 내일까지 내버려두자고.

그녀는 이제 필립에게 아무 말도 하지 말아야겠고 생각했다. 그녀가 이 얘기를 하면 그는 크게 화를 낼 것이다. 꼬치꼬치 캐묻고 그를 가리켜 관음증 환자라고 할 것이다. 공군 장교는 다시 오지 않을 것이다. 이저벨은 침대 위 자신의 자리에 조심스럽게 군복 외투를 펼치고 그 안으로 들어갔다. 이제 사방이 조용했다. 그녀는 무릎을 끌어올리고 팔짱을 껴서 가슴을 끌어안은 자세로 잔뜩 웅크렸다. 그러나 추워서 그런 것은 아니었다. 그녀는 비밀을 숨기려는 사람처럼 자신을 끌어안았다.

“누구세요? 뭐하는 거예요? 당신이야, 필?”

“쉿, 이즈. 장작을 가져왔어.”

“뭐라고?”

거실에 불이 켜져 있었다. 열린 방문을 통해 필립이 난롯가로

자루를 끌고 가는 게 보였다. 팔다리를 묶은 영양을 집에 가져온 사냥꾼처럼 보였다.

"장작을 가져왔다고!" 그가 다정하고 의기양양하게 말했다.

"하지만 한밤중이잖아."

"일곱시가 다 되었어."

"당신은 한숨도 안 잤어."

"내 걱정은 하지 마. 워커 씨가 편안해진 후에 그 집에서 두어 시간 눈을 붙였어. 산소 실린더 밸브가 고장난 게 문제였어. 하지만 운좋게도 차에 다른 실린더가 있었지 뭐야. 워커 씨는 에페드린*도 필요했고. 방문간호사에게 말을 해둬야겠네. 어쨌든 내가 눈을 붙이는 동안 워커 씨 아들이 트렁크를 채워주었어."

이저벨은 침대에서 일어나 가운을 입고 부엌으로 갔다.

"당신이 두 시간을 잤든 말았든 난 몰라. 나는 아침을 차려줄 거고 그다음에 당신은 잠자리에 들어야 해. 이런 식으로는 버틸 수 없어."

그러나 이저벨은 그가 듣지 않으리라는 걸 이미 알았다. 그는 피곤하지만 성취의 기쁨으로 환하게 빛났다. 무뚝뚝하고 말없는 농부들이 그에게 감사를 표했다. 그는 그들 삶의 일부였다.

---

* 감기와 천식 치료제.

그녀는 프라이팬에 달걀을 깨뜨려 넣고 나무 숟가락으로 휘저었다. 달걀이 익는 동안 그릴에 토스트를 구웠다. 잠을 자게 할 수 없다면 적어도 식사는 챙겨줘야지. 그녀 뒤에서는 벌써 장작이 활활 타오르고 있었다. 그는 평소라면 아꼈을 불쏘시개를 사용했다.

"이것 좀 봐! 사과나무야. 게다가 바싹 말라 있어." 그가 말했다. "워커 씨가 작년에 오래된 과수원을 정리했대."

그의 얼굴은 소년처럼 들떠 있었다. 필립은 자기 인생에 만족해, 그녀는 생각했다. 그가 없었다면 그들은 이 불을 때지 못했을 것이다. 필립이 어떤 조치를 취해야 할지 몰랐다면 늙은 워커 씨는 여전히 헐떡거리고 있을 것이다. 필립은 늘 차에 여분의 산소 실린더를 가지고 다녔다. 아니야, 그녀는 생각했다. '만족'은 정확한 단어가 아니었다. 필립은 자기 인생에 속해 있다는 것이 더 맞는 말이었다…… 물론 전부터 알고 있었다. 그녀는 자기 인생의 바깥에 있는 것 같을 때가 너무 많았기에 그런 생각이 머리를 스쳤다.

"와서 몸 좀 녹여, 이즈." 그가 말했다.

"춥지 않아." 그녀는 말했다. 그리고 정말 그렇다는 걸 알고 놀랐다.

"당신은 항상 추워하잖아."

그녀는 토스트에 버터를 바르고 그 위에 달걀을 올렸다. 그리고 거실을 가로질러 그에게로 접시를 가져갔다. 그녀는 그가 불가를 떠나고 싶어하지 않는다는 걸 알았다. 그러나 그는 식탁으로 왔다. 그리고 앉자마자 걸신들린 것처럼 달걀과 토스트를 먹기 시작했다. 그전까지는 얼마나 배가 고픈지 몰랐다는 듯이. 그의 시선은 그녀가 식탁 구석으로 밀어놓은 의학서 위에 있었다. 그는 자투리시간에도 정보를 흡수할 수 있도록 항상 식탁에 책을 두었다. 그녀는 그가 당장 책을 펴서 시간을 활용하고 싶지만 그녀를 위해 참고 있는 걸 알았다. 그녀는 불가로 가서 불길을 향해 손바닥을 폈다. 나무가 타는 달콤한 연기에 눈이 따가웠다.

필립은 벌써 식탁에서 일어나고 있었다. 그는 싸늘한 공용 욕실에서 몸을 씻고 깨끗한 셔츠로 갈아입은 후 오전 진료를 보러 나갈 것이다.

“샌드위치를 만들었어. 고기 보관하는 찬장에 뒀어.” 그녀가 불가에서 일어나며 말했다.

“고마워. 오늘은 뭐할 거야, 이즈?”

“잉골드비 부인과 커피를 마실 거야.” 그녀는 아무 계획 없는 하루를 숨기기 위해 재빨리 말했다. 그러지 말았어야 했다. 그가 잉골드비 박사에게 말할 수도 있었다. “아마 오늘일 거야. 내가 날짜 기억하는 데 소질 없는 거 알잖아.”

"좋은 계획이야."

"그러고 나서 살코기와 콩팥을 다져 넣은 푸딩을 만들어서 저녁 준비를 할 거야. 저녁에 집에 올 거지?"

"그래야지. 면도할 때 쓰는 비누 어디 있어, 이즈?"

"서랍장에. 주전자에 뜨거운 물도 있어."

그가 가고 나면 그녀는 장작을 더 높게 쌓을 것이다. 이번만은 상관없을 것이다. 그녀는 하루종일 바쁘게 지낼 것이다. 아마 푸딩을 제대로 만들려면 하루가 거의 다 지나갈 것이다. 그다음에는 덮개를 새로 만들려면 천이 얼마나 필요한지 알아보기 위해 의자 치수를 잴 것이다. 그리고 프랑스어 실력이 녹슬지 않게 『풍차방앗간의 편지』*에 실린 단편도 하나 읽을 것이다.

정오 무렵까지 이저벨은 밀가루에 파묻혀 있었다. 그녀는 콩팥에 붙은 기름과 밀가루를 섞어 푸딩 반죽을 만들었지만 책에 나온 것처럼 매끈하게 잘되지 않고 자꾸만 부서졌다. 아마도 기름이 충분하지 않아서 그런 것 같았다. 그녀는 앞으로 흘러내리는 머리카락을 귀 뒤로 넘겼다.

초인종이 울렸다. 이저벨은 집주인에게 뒤지지 않기 위해 재빨리 움직였다. 앳킨슨 부인은 자기 집 초인종이 울린 것처럼 언

* 프랑스 소설가 알퐁스 도데의 단편집.

제나 나서려고 했다. 그러나 이번에는 층계 혹은 복도에 아무도 없었다. 그녀가 집에 없는 게 틀림없었다. 이저벨은 앞치마에 손을 닦고 잠긴 현관문을 열었다. 우유배달부가 청구서를 가지고 왔거나 채소가게에서 빠진 물건을 가지고 왔나보다 했는데……

그가 있었다. 틀림없었다. 그녀는 그를 바라보았다. 그 제복과 몸의 형체를 바라보았다. 그는 웃지도 심각하지도 않았다. 당연히 올 곳에 온 것처럼 편안해 보였다. 그렇군, 그녀는 생각했다. 그녀의 손이 옆으로 떨어졌다. 그녀는 무방비상태로 열려 있었다. 그였다. 달리 누구일 수 있겠는가?

5

그는 금발에 키가 크고 건장한 남자였다. 멀리 북동 지방에서 온 바이킹 같은 인상을 풍겼다. 그는 그녀를 보고 웃지 않았다.

"여기 계속 세워둘 거야?" 그가 물었다. 그리고 그녀 뒤로 복도를 들여다보았다. "아무도 없지, 그렇지?" 그가 '아무도'라고 말했을 때, 그 단어는 마치 두 사람 다 알고 있지만 입에 올리고 싶지 않은 이름을 지칭하는 암호처럼 들렸다. 이저벨은 고개를 끄덕였다. 사실이었다. 그녀 뒤의 집은 비어 있었다. 집주인이 나간 것도 확실했다. 왜 나를 아는 것처럼 말할까, 그녀는 스스로에게 물었다. 불쾌하게 생각해야 하는 건지, 아니면 겁을 내야 하는 건지 알 수 없었다. 그러나 그녀는 불쾌하지도 않고 겁이 나지도 않는다는 것을 깨달았다.

"밀가루투성이지." 그녀는 머릿속을 가득 채운 다른 말들 대신 이렇게 말했다.

그녀는 한심스럽다는 듯 자신을 내려다보았다. 그러나 그는 분명 밀가루가 아니라 그녀를 유심히 보고 있었다.

"빵 굽는 날인가?" 그가 우스꽝스럽게 눈썹을 추켜올리며 물었다. 그녀가 그런 일을 할 리 없다는 투였다.

"살코기와 콩팥을 다져 넣은 푸딩을 만들고 있어. 하지만 처음 해보는 거라서 반죽을 망쳤어."

"문가에 계속 서 있지 않는 게 좋겠어." 그가 뒤를 흘낏 보더니 말했다.

물론 그렇지, 그녀는 생각했다. 누가 그를 볼 수도 있었다. 그녀는 복도로 뒷걸음질친 후 그가 지나갈 수 있게 옆으로 물러섰다. 그는 아무렇지 않게, 익숙하다는 듯 셋집 문을 향해 걸어갔다. 그녀는 셋집 문을 열어두고 나왔다. 이제는 그를 막고 싶어도 너무 늦었다. 그는 들어가자마자 오른쪽으로 돌더니 거실을 곧장 통과해 침실로 들어갔다. 그리고 침대에 털썩 주저앉더니 무릎에 두 손을 올리고 머리를 앞으로 숙였다. 마치 달리기경주를 마친 사람 같았다. 그녀는 아무 말도 하지 않았다. 잠시 후 그가 다시 일어나 모자를 벗고 군복 외투 단추를 끌렀다.

"비행장엔 여기보다 안개가 심해." 그가 말했다.

"아!" 그녀가 말했다. 그녀의 생각이 이질적이지만 완전히 익숙한 길을 따라서 기이하게 나아갔다. 마치 그녀 안에 불이 켜진 것처럼 갑자기 그 길이 모습을 드러냈다. 그녀는 이저벨 캐리였다. 그러나 이저벨 캐리는 이런 생각을 한 번도 해본 적이 없었다. 그녀는 그가 무슨 말을 하는지 알았다. 그녀가 그걸 안다는 건 이상한 일이었다.

"안개가 심하다고." 그녀는 그의 말을 따라 했다. "그건 좋은 일이잖아, 안 그래? 오늘밤에는 잠을 잘 수 있겠네."

그는 어깨를 으쓱했다. "대원들은 작전에 나가고 싶어해. 우리는 비행기 우측 내부를 점검하려고 먼저 상공에서 테스트를 했어. 양배추 밭에서 젠장 불쌍한 케이티 할멈을 팬케이크처럼 구워버릴 뻔했지. 그후에 작전이 취소되는 바람에 할일이 없어졌어." 그의 뺨 근육이 씰룩거렸다. 그러나 그는 이내 미소를 지었다.

"분명 완벽한 착륙이었을 거야." 그녀는 말했다. "하지만 몸이 좋지 않아 보여. 차 한잔 마실래?"

그는 또 미소를 지었다. "더 센 건 없어?"

"잠깐 기다려." 그녀는 찬장으로 달려갔다. 진이 반병 정도 남아 있었다. 그녀는 그를 주려고 한 잔 따르고 나서 믿을 수 없다는 듯 잔을 바라보았다. 양이 너무 많았다.

"당신은 안 마셔?" 그가 잔을 받으며 그녀에게 물었다.

“아…… 모르겠어. 나는 진을 좋아하지 않아.”

또다시 그의 눈썹이 우스꽝스럽게 움직였다. “정말? 하마터면 속을 뻔했네.”

그녀는 자기가 마실 잔에는 더 적은 양을 따랐다. 그는 그녀에게 잔을 들어 보이고 고개를 젖혀 진을 들이켰다. 금세 그의 안색이 좋아졌다. 이저벨도 한 모금 마셨다. 약간 미지근했다. 찬장이 불가와 너무 가까웠다. 그리고 느끼한 맛, 거의 기름 맛이 났다. 필립의 아버지에게 받은 술이었다. 그의 어머니는 쯧쯧 혀를 찼다. 그녀는 증류주를 믿지 않는다고 했다. 그러나 이저벨은 이미 존재하는 것을 어떻게 믿지 않을 수 있는지 알 수 없었다.

“한 잔 더 마셔.” 이저벨이 병을 내밀면서 말했다. 그녀는 한결 편안해졌다. 아마도 진이 효과를 발휘한 덕분이겠지만 그래도 대낮에 공군 장교 제복을 입은 남자와 술을 마시는 것이 완전히 자연스럽게 느껴졌다. 그가 어느 기지에 있고 여기서 무얼 하고 있는지는 나중에 해결할 수 있는 문제였다.

“그 앞치마 좀 벗지 그래?”

“푸딩을 마무리해야 해.” 그녀가 잡았던 유리잔 가장자리에 밀가루가 묻어 있었다. 그녀는 앞치마에 손을 닦았다. 그리고 그에게 두번째 잔을 채워주었다. “외투를 걸어줄게.” 그녀는 초대받은 손님이 막 도착한 것처럼 말했다.

그가 건네준 외투는 따뜻했다. 그녀는 그 두툼한 옷을 접어 침실 의자 위에 두었다. 그가 군화를 벗더니 눈 깜짝할 사이에 침대로 몸을 던졌다. 그러고는 몸을 쭉 펴고 천장을 응시했다.

"이러고 있으면 얼마나 기분이 좋은지 당신은 모를 거야." 그가 말했다. 그뒤로는 생각에 잠겨 말이 없었다. "빌어먹을 막사가 아니라 제대로 된 집, 실내에 있는 거 말이야. 어릴 때는 밖에서 잠을 자고 싶어했는데."

"텐트에서?"

"별이 보이는 바깥에 침대를 내다놓고 싶었어. 얇은 이불과 담요, 어머니의 깃털이불, 만약 눈이 온다면 뜨거운 물병도 가지고 말이야. 그러고서 얼굴에 떨어지는 눈을 맞고 싶었지. 눈보라 속에서 고개를 들면 눈송이가 뱅글뱅글 돌아가는 터널 속을 들여다보는 느낌이라는 거 알아?"

"정말 그랬어?"

"어림도 없었지. 지금은 평생 다시는 밖에 나가지 못한대도 상관없어. 이리 와서 누워."

"밀가루투성이라고 했잖아."

"앞치마에만 묻었잖아."

"손에도 묻었어."

"상관없어. 당신 손이잖아." 그의 눈은 벌써 반쯤 감겼다. 그녀는 그가 얼마나 피곤한지 알았다. 지친 피부에 주름이 파여 있었다. 그에게서 담배, 땀, 금속, 비누 냄새가 났다. 그녀에게 오기 전에 비누로 몸을 씻었을 것이다.

"거지같은 밤이야." 그가 중얼거렸다.

"잠은 많이 잤어?"

그는 천천히, 느긋하게 고개를 저었다. "세 시간. 이 베개에서 당신 냄새가 나."

그녀는 미끄럼틀 꼭대기에서 난간을 꼭 붙들고 끝이 없는 아래를 내려다보고 있었다. 그는 낯선 사람이었다. 그러나 그녀는 그를 알았다. 그가 하는 말 한 마디 한 마디, 그가 짓는 표정의 그림자 하나하나가 한 번도 본 적 없지만 그녀의 삶 표면 아래 항상 있었던 패턴과 일치했다.

"당신은 누구야?" 그녀는 숨을 쉬었다. 그 말이 떨어지자마자 그가 스르륵 눈을 떴다. 그리고 잠깐 환하게 웃었다. 마치 그들이 농담을 하고 있는 것처럼. 필립이 훨씬 더 잘생겼어, 그녀는 생각했다. 그러나 이 남자는 그들이 서로 너무 잘 알아서 어떤 것도 설명할 필요가 없다는 듯이 그녀의 얼굴과 눈을 들여다보고 있었다. 원한다면 두 사람은 아무 말도 하지 않고 가만히 있을 수 있었다. 그는 몹시 지쳐 있었다. 뿌연 안개가 자욱한 머릿속에서 이름 하나가 떠오르려고 했다. 그의 이름. 그것은 잡으면

문을 열 수 있는 손잡이처럼, 얼마 안 있어 그녀가 잡아당길 수 있을 만큼 충분히 가까워질 것 같았다.

그녀는 뒷걸음질치기 시작했다. 목구멍에서 쿵쿵 심장소리가 들렸다. 그가 갑자기 오른팔을 머리 위로 올렸다. 그리고 그의 얼굴은 꼼짝도 하지 않았다. 마치 숨을 쉬는 도중 잠에 사로잡힌 것 같았다. 그녀는 계속 뒷걸음질쳐 방문을 지나고 부엌까지 갔다. 부엌 식탁에는 여전히 푸딩 반죽이 놓여 있었다. 그녀는 가스불에서 냄비를 내리고 안을 들여다보았다. 고기는 너무 오래 익었고 육즙은 토피 시럽처럼 끈적거렸다. 이저벨은 가스불을 끄고 앞치마를 벗어 개수대 위에서 밀가루를 털었다. 그녀는 거기에 작은 거울을 두었다. 거울 속의 자신이 반짝거리는 눈으로 놀라서 창백해진 자신을 뚫어져라 쳐다보고 있었다. 그녀는 입술이 아프고 하얗게 변할 때까지 입술을 깨물었다. 그렇다면 현실이었다. 그녀는 이 사람, 이저벨 캐리였다. 벽에는 필립의 아버지가 타던 조웻을 폐차하기 전에 건진 작은 시계가 걸려 있었다. 그것이 열시 오십분을 가리켰다. 이저벨은 꼬박 일 분 동안 시계를 보면서 시간이 가고 있다는 걸 확인했다. 그러고 나서 부엌에서 나왔다.

그는 여전히 거기 있었다. 죽을 만큼 피곤했는지 금세 잠이 들었다. 당연하지, 그녀는 생각했다. 그러고 나서 반문했다. 왜 당연하지? 그러나 그녀는 알았다. 어디를 보아도 그가 그림자 속에서 생기를 띠며 차츰 모습을 드러냈다. 찰리는 층계 아래 임시로 만든 암실에서 필름을 현상할 때 그녀가 구경할 수 있게 허락해주곤 했다. 처음에는 아무것도 없었지만 그가 액체에 잠긴 네거티브필름을 의기양양하게 꺼내 위로 쳐들고 말리는 동안 조금씩 디테일이 살아났다. 그녀는 지켜보기만 하면 되었다.

이저벨은 신발을 벗어던지고 그의 옆자리 얇은 이불 위에 누웠다. 그의 체중이 매트리스를 깊숙이 내리누르는 동안 그는 엔진처럼 끊임없이 열기를 뿜어냈다. 그는 필립보다 더 무거웠다. 필립을 생각하자 갑자기 불안한 느낌이 그녀를 훑고 지나갔다. 그리고 사라졌다. 그는 적어도 하루는 집에 들어오지 않을 것이다. 지금 아주 멀리 가 있을 것이다. 그녀는 고개를 돌려 관찰하곤 했던 운전하는 필립의 옆모습을 떠올렸다. 그가 그녀의 시선을 느끼고 그녀에게로 고개를 돌리는 일은 거의 없었기 때문에 그녀는 그를 낱낱이 살펴볼 수 있었다.

남자의 군복 외투는 의자 위에 개켜져 있었지만 그녀의 군복 외투, 그 외투는 더이상 보이지 않았다. 이저벨과 필립이 처음 이사왔을 때처럼 담요 위에 얇은 이불이 덮여 있을 뿐이었다. 이저벨은 이불 위에 누워 있었지만 춥지 않았다. 필립의 자리인 그녀 옆에는 남자가 반듯이 누워 있었다. 그녀는 한 손을 내밀어 그의 어깨를 만졌다. 피부에 닿는 고급스러운 모직물의 감촉이 좋았다. 오랫동안 그 감촉을 알고 있었던 것 같았다. 두 사람은 여기 있었다. 그는 오랫동안 밖에 있었지만 지금은 여기 그녀의 침대에 있다. 그녀는 꿈속으로 들어왔던 창문 두드리는 소리를 떠올렸다. 어쩌면 다른 밤에도 두드렸는데 그녀가 듣지 못했을지도 모른다. 그는 너무 오랫동안 기다려왔다. 평생 다시는 밖에 나가지 못한대도 상관없어, 그가 말했다. 필립은 달랐다. 그는 전화가 울리고 호출을 받으면 투덜거릴 때도 있었지만 대개 좋아했다. 세상이 자신을 필요로 한다는 사실에 그는 타이를 매면서 나지막이 휘파람을 불기도 했다.

조용했다. 산만하게 날리는 눈송이 몇 개로 시작된 눈발이 점점 거세지더니 하늘을 가득 채우고 거리도, 차도, 집도, 발소리도 모두 삼켜버리는 그런 날 같았다. 이저벨은 제복 차림의 남자에게 조금 더 다가갔다. 그녀의 몸은 그가 내뿜는 열기에 반응해 휘어지는 법을 아는 것 같았다. 그녀는 안전했다. 그는 깨지 않을 테니까. 그녀는 그가 잠을 자게 내버려둘 것이다.

시간이 흘렀다. 소리 없이 골똘하게, 시간이 침실의 평화를 먹어치우고 있었다. 이저벨은 잠이 들었다.

그녀가 잠을 깼을 때는 세시였다. 창밖에는 벌써 땅거미가 지고 있었다. 아니, 안개였다. 안개가 뒷마당 쪽으로 난 창문 가까이에서 자라는 라일락 주변을 휘감았다. 가지들이 젖어서 유리에 달라붙어 있었다.

그녀 옆에는 아무도 없었다. 이저벨은 이불 위를 손으로 쓸어보았다. 그의 온기가 느껴지는 듯도 했지만 그녀 자신의 체온일 수도 있었다. 그가 누워서 침대가 움푹 꺼진 것일 수도 있었지만 매트리스는 너무 낡아서 원래 울퉁불퉁했다. 그녀는 재빨리 몸을 굴려 그가 머리를 두었던 베개에 얼굴을 묻었다. 그래, 그는 여전히 거기 있었다. 담배, 엔진, 남자들이 머리에 바르는 것의 냄새가 났다. 군복 외투는 이전처럼 이불 위에 덮여 있었다.

이저벨은 다리를 번쩍 들었다가 내리면서 일어났다. 그리고 부엌으로 갔다. 푸딩을 마무리해야 했다. 그녀가 앞치마를 두르자 머리 위에서 집주인의 발소리가 들렸다. 내가 자는 동안 집에 돌아왔군. 앳킨슨 부인은 유리창 바로 앞까지 걸어갔다가 다시 문으로 돌아왔다. 그러고 나서 다시 창가로 걸어갔다. 늘 그렇듯이 무시하기엔 너무 묵직한 발소리였다. 이저벨은 라디오를 틀어 라이트 프로그램에 주파수를 맞췄다. 그리고 〈일하면서 듣는 음악〉이 나오자 음량을 크게 올렸다. 얼마 후 해리 리더의 색소폰 소리가 발소리를 덮었다. 이저벨은 음악소리에 맞춰 크게 콧노래를 부르면서 걸쭉해진 육즙에 뜨거운 물 한 컵을 붓고 휘저은 다음 냄비를 가스불 위에 올렸다. 그리고 다시 푸딩 반죽을 밀었다. 이번에는 제대로 밀렸다. 탄력은 없지만 그럭저럭 말을 잘 들었다. 요리책에 적힌 글이 춤을 추었다. 바닥이 깊은 그릇에 기름을 발라…… 막이 형성되면…… 준비한 고기와 육즙을 부어…… 덮고 밀봉……

그녀는 책에 적힌 대로 했다. 그녀는 부엌에서 라디오를 들으며 남편의 식사를 준비하는 젊은 주부였다. 그녀를 보고 무언가 달라졌다고 생각할 사람은 아무도 없을 것이다. 커다란 냄비에 끓는 물을 붓고 삼발이 위에 준비한 푸딩 그릇을 올린 후 뚜껑을 약간 비스듬하게 덮는다. 두 시간 반에 걸쳐 찌는 동안 주기적으로 끓는 물을 더 부어준다.

그때쯤이면 그가 집에 돌아올 것이다. 그녀 맞은편에 앉을 사람은 다른 누구도 아닌 필립일 것이다. 그는 맛이 어떻든 그녀가 만든 푸딩이니 무조건 칭찬할 것이다.

침실 문이 조금 열려 있었다. 침실 바로 옆이 부엌이라니 정말이지 웃긴 구조였다. 이 집의 공간은 그런 식으로 나뉘어 있었다. 그녀는 예전에 집을 나누지 않았을 때는 모든 게 자연스러웠을 거라고 생각했다. 그러나 더이상 조화롭지 못하게 쪼개져 있는 지금의 구조는 몹시 짜증스러웠다.

침대에 누워 있을 때 방문이 열리면 난롯가에 서 있는 사람이 보였다. 그녀는 일부러 뒤돌아보지 않았다. 그가 다시 거기 있었다. 확실했다. 그녀가 듣지 못한 사이 그가 다시 돌아왔다. 그는 여전히 침대에 누워 있었다. 그러나 지금은 깨어 있고 기운을 차린 상태다. 얼굴에 혈색이 돌아왔다. 그가 두 팔을 머리 뒤에 겹쳐놓고 그녀를 바라보고 있었다.

그의 이름은 알렉이었다. 이제 그녀는 알았다. 옆에서 잠들어 있을 때 그가 그녀의 귀에 속삭여주기라도 했는지 그 이름이 머릿속에 떠올랐다.

"알렉." 그녀가 뒤돌아보며 말했다. 그녀의 생각대로 그는 거기 있었다. 그의 눈이 그녀를 자세히 보려고 가늘어졌다. 그 눈은 진한 파란색, 거의 남색이었다.

"왜?" 그가 말했다.

갑자기 낮은 진동이 소리로 변했다. 그가 고개를 홱 돌렸다. 그녀가 전에 들었던 것과 똑같은 묵직한 소리가 점점 가까워지고 있었다. 비행기가 착륙 준비를 하며 낮게 날 때 멀린* 엔진 네 개가 나지막이 웅웅거리는 소리였다. 그녀와 찰리는 아주 멀리서 소리가 들려와도 어른들보다 먼저 알아차리곤 했다. 랭커스터였다.

* 영국의 비행기용 엔진.

알렉은 똑바로 앉아 있었다. 그의 표정이 완전히 달라졌다. 그는 무언가에 정신이 팔린 듯 불안해 보였고 당장이라도 뛰쳐나갈 기세였다. 그가 침대에서 벌떡 일어나 그녀에게 다가왔다. 아주 가까이, 너무 가까이 서 있었다. 그녀는 또다시 겁이 났다.

"알렉," 그녀가 말했다. "왜 그래?"

"가야 해."

"하지만 아직……"

"아직 뭐?"

"당신 성을 말해주지 않았어."

그는 한동안 깜짝 놀란 듯 멍한 표정을 지었다. "무슨 소리 하는 거야, 이즈? 당신 왜 그래?"

"당신 성을 말해줘." 그녀는 고집을 부렸다.

"이게 무슨 게임이야? 당신 하루종일 좀 이상했어." 그가 한 손으로 그녀의 볼을 감쌌다. 그 순간 그녀는 알았다. 물론 알았다. 어떻게 알렉한테 그런 멍청한 질문을 할 수가 있지?

"미안해. 진을 마셔서 그런가봐." 그녀가 말했다. 그의 손길이 너무 은밀해서 소름이 돋았다.

"가야 해." 그는 다시 말했다.

"그래."

그가 군화를 신고 군복 외투를 입었다. 그리고 모자를 쓰고 떠

났다. 그녀는 셋집 문이 쾅 닫히는 소리를 들었다. 그를 따라 복도로 달려나가 건물 현관문을 열어젖히고 오른쪽과 왼쪽을 번갈아 살펴보았다. 아무도 없었다. 안개가 그녀를 향해 밀려왔다. 몸이 떨렸다. 성당도 제대로 보이지 않았다. 랭커스터는 안전하게 착륙했을까? 그녀는 그런 생각을 하는 동안 엔진소리가 희미해지고 있는 걸 깨달았다. 소리는 점점 희미해지다가 마침내 사라졌다.

6

그는 돌아올 거야, 이저벨은 생각했다. 추측이 아니었다. 그녀는 확신했다. 어떻게 돌아오지 않을 수 있겠어? 집의 숨결에서 여전히 그의 존재가 느껴졌다. 그러나 그녀의 맞은편에 앉아 살코기와 콩팥을 다져 넣은 푸딩을 먹고 있는 사람은 필립이었다. 그는 똑똑한 어린아이에게 하듯 그녀를 칭찬했다. 그리고 그의 어머니가 만들어주던 것만큼 훌륭하다고 말했다.

"나도 그런 것 같아." 그동안 그의 어머니가 만든 음식을 억지로 견뎌온 이저벨이 말했다.

"잉골드비 부인과 좋은 시간 보냈어?"

"뭐라고?"

"잉골드비 부인이랑 커피 마실 거라고 했잖아." 예의 인내심이 묻어나는 어조의 목소리였다. 그의 눈에 그녀는 점점 위축되어 보일 것이다. 반면 그의 남은 인생은 점점 확장되고 있었다.

"아…… 아니, 날짜를 잘못 알았어. 다음주야. 아마 그럴 거야. 하지만 오히려 다행이었어. 정말이야. 장 볼 게 많았고 푸딩을 만드는 데 오래 걸렸거든. 내가 워낙 대책 없이 느리잖아."

"점점 빨라질 거야."

"그럴까?" 그녀는 물었다. 놀랍게도 그는 몹시 진지했다. 그는 그녀가 동네 아이들에게 프랑스어를 가르치기를 바라지 않았다. 그녀가 다른 사람들의 집을 돌아다니며 돈을 벌고 그녀의 능력을 활용하기를 바라지 않았다. 그는 그녀가 요리를 배우기를 바랐다. 정말 잘생겼어, 그녀는 생각했다. 질긴 고기를 씹으면서 환자를 생각하느라 그의 얼굴은 어둡고 거리감이 느껴지면서도 낭만적으로 보였다. 그는 자신의 세계 안에 있었다. 조심해야 할 거야, 이저벨은 생각했다. 환자들 중 몇몇은 그를 사랑하게 될 것이다. 그를 보기 위해 없는 병을 꾸며내기 시작할 테고 그는 원인을 찾을 수 없을 것이다. 그는 그들이 건강염려증에 걸렸다고 말할 것이다.

그녀는 그에 대해 곰곰이 생각했다. 사람들은 그가 겸손하다고 칭찬할지도 모르지만…… 그러나 그가 사람들에게 미치는 영향을 모른 척할 수 있는 이가 있을까?

필립은 빠른 속도로, 까다롭게 먹었다. 이저벨은 그가 책상으로 가고 싶어하는 걸 알았다. 그를 성가시게 하는 문제가 있을 것이다. 확신할 수 없는 증상이나 의심이 들기 시작한 진단 같은 것. 잠시 후 그는 주변에 책을 요새처럼 쌓아둘 것이다. 그 너머로 그녀가 차 한 잔을 건네면 그녀를 올려다보며 다정하지만 텅 빈 미소를 지을 것이다.

그녀는 결혼에 대해 아무것도 몰랐다. 아버지와 어머니가 그녀의 세계에서 여전히 해와 달이던 시절, 그들은 떠나버렸다. 고모부는 전쟁 기간 내내 집에 없었고, 북아프리카에서 이탈리아 북부까지 전장을 누비다 돌아왔다. 그후에 고모부와 고모가 서로를 거의 알지 못한다는 사실이 분명해졌다. 육 년간 벽난로 위 선반에 진열된 사진으로 보았던 말쑥한 젊은이가 쉽게 흥분하고 소음을 참지 못하며 머리가 허연 남자가 되어 있었다. 그녀와 찰리는 그를 피하는 법을 금세 터득했다. 찰리는 집을 떠날 만한 나이가 되자마자 지구 반대편으로 가버렸다.

그러나 이저벨은 필립을 알았다. 확실히 알았다. 결혼이라는 의례는 그들이 원하는 곳에 다다르기 위해 헤쳐나가야 하는 가시덤불이었다. 그리고 그들은 해냈다. 그들은 교회에서 식을 마친 후 필립의 아버지 차를 타고 피크디스트릭트로 사흘간의 신혼여행을 떠나며 둘만의 은밀하고 무분별한 흥분에 사로잡혔다.

그들 뒤로 그의 부모의 형체가 점점 작아졌다. 그의 어머니는 피로연장을 치우려고 벌써 돌아선 뒤였다. 진 고모는 의리 있게 계속 손을 흔들면서 조카딸에 대한 의무와 애정을 충실히 이행했다. 필립과 이저벨은 독립했다. 그리고 모든 것이 막 시작되려 하고 있었다. 어찌된 일인지 그들은 은행에서 행복을 훔쳤고 앞으로 수일, 수년 동안 그 보물을 마음껏 쓸 수 있다는 사실이 믿기지 않았다. 필립이 운전을 하는 동안 이저벨은 옆에 앉아 눈앞에 펼쳐진 길을 바라보았다. 때때로 그녀는 그의 옆모습을 흘낏거리거나 담뱃불을 붙여 그의 입에 물려주었다. 그때가 6월이었다. 오래전도 아니었다. 그러나 이제 모든 것이 달라졌다.

"정말 맛있었어." 필립이 나이프와 포크를 내려놓으며 말했다.

"다행이야." 그녀는 그의 접시를 가져가며 말했다. 앞으로 더 맛있는 푸딩을 더 자주 만들게 될 것이다. 끊임없이 식사를 차려낼 것이다. 뜨개질을 능숙하게 하고 아이들을 학교에 보내고 정원을 가꾸고 봉사를 하러 다니는 재닛 잉골드비 같은 여자들을 더 많이 만나게 될 것이다. 수다를 떨기 위해 모인 여자들의 입속으로 하나씩 들어가는 자그마한 케이크들은 산을 이룰 것이고 그들이 마시는 커피는 강을 이룰 것이다. 얼마 후 여자들은 이저벨을 그들 중 하나로 받아들일 것이다.

"오늘 흥미로운 환자가 있었어?" 그녀는 식탁을 치우면서 밝게 물었다.

"당신 괜찮아, 이즈?"

"무슨 소리야?"

"아, 모르겠어. 약간 침울해 보여서."

"『초보 주부』에는 결혼식의 흥분이 사라진 후에 젊은 주부가 적응하려면 시간이 걸린다고 나와 있어."

그는 그들의 결혼식을 생각했다. 파란 리넨 드레스에 외투를 걸친 이저벨은 빨간 장미 한 다발을 놓칠 새라 꼭 붙들고 있었다. 매끈거리는 검은 머리카락이 길게 늘어져 꽃잎을 건드렸다. 그녀는 머리에 웨이브를 넣거나 흰 옷을 입는 것은 물론이고 법석 떠는 것이라면 무조건 거부했다.

"호주에 사는 찰리한테 나를 신랑에게 넘겨주러 여기까지 오라고 할 수는 없어." 그녀가 말했다. 필립은 그녀가 어머니와 아버지 때문에 조용한 결혼식을 원한다고 생각했다. 이해할 수 있는 일이었다. 이저벨의 어머니는 앞줄에서 웃었다 울었다 하며 딸을 지켜보고 이저벨의 아버지는 딸을 데리고 자랑스럽게 통로를 걸어야 했다. 그러나 그들이 없는데 그 모든 행위가 왜 필요하겠는가? 조용한 결혼식은 필립에게도 잘 맞았다. 그의 어머니 마음에도 들지 어떨지는 상관없었다. 그에게는 이저벨과 결혼하는 것만이 중요했다.

"이리 와." 그가 말했다.

"설거지를 해야 해."

"그건 나중에……"

"잘 들어봐! 저런 망할 여자 같으니! 간수와 함께 사는 것 같아."

집주인이 또 걷고 있었다.

"할일이 없어서 그러는 걸 거야." 필립이 말했다.

"아니, 그런 게 아니야. 모르겠어? 일부러 저러는 거라고. 저러면 내가 미쳐버린다는 걸 아니까."

"아니, 왜, 아주머니께 무슨 말 했어?" 그가 놀라서 물었다.

"물론 아무 말도 안 했지. 하지만 머리 위에 왔다갔다 걷는 사람이 있다면 누구라도 알 거야. 우리 다른 데로 갈 수 없어, 필?"

"그럼 손해를 볼 거야. 석 달치 월세를 미리 냈어. 한 푼이라도 아껴야 해. 안 그러면 우리집을 가질 수 없어." 그는 그녀의 말을 진지하게 받아들이지 않았다. 그의 잘생긴 얼굴에 수심이 가득했지만 그것은 단지 그녀가 화를 냈기 때문이었다. "저 여자는 잊어버려, 이즈. 일찍 잠자리에 들자. 이번에는 정말 푹 자자고."

이저벨은 그의 말을 듣는 것 같지 않았다. "양심이 없는 게 아니라면," 그녀는 혼잣말하듯 말했다. "누가 저런 식으로 걷겠어?" 어쩌면 집주인은 간수가 아닐지도 모른다. 오히려 죄수일지도 모른다. 죄수들이 독방에서 저런 식으로 걸었다. 한 방향으로 쭉 갔다가 다른 방향으로 쭉, 그러다가 걸으면서 잠이 드는 것이다. "아마 그런가봐, 필립!"

"뭐가?"

"저 여자는 몽유병일 거야. 가끔은 밤새도록 저렇게 걸어. 당신은 듣지 못했어?"

"아니, 그리고 야행증은 생각보다 훨씬 드물어."

그날 밤 침대에서 이저벨은 자기 자리에 뻣뻣하게 누워 있었다. 필립은 그녀에게 등을 돌리고 깊은 잠에 빠졌다. 그녀의 양쪽 허벅지는 끈적거리고 차가웠다. 이 집에 사는 동안엔 절대로 아기를 갖지 않을 거야, 그녀는 생각했다. 집의 뼈대 구석구석에, 이저벨의 고막을 건드리는 음파 하나하나에 집주인의 영혼이 깃들어 있는 것 같았다. 필립은 듣지 못했다고 했지만 그녀는 그 말을 믿지 않았다. 그는 아무 문제가 없는 척하고 있었다.

침실의 암흑이 그녀의 부릅뜬 눈을 쓸고 지나갔다. 물론 아주 어둡지는 않았다. 얼마 후 서랍장과 옷장 덩어리가 어둠을 비집고 나와 눈에 들어왔다. 그녀는 전기가 끊기던 시절을 생각했다. 그때의 완전한 어둠, 그 어둠이 입과 눈과 귀 속으로 밀고 들어오던 것을 생각했다. 그녀는 집으로 걸어올 때 등뒤의 어둠 속에서 발소리가 들리던 일을 기억했다. 갑자기 그녀는 뒤의 발소리가 자신의 발소리에 박자를 맞추고 있음을 깨달았다. 그녀가 멈추면 발소리도 멈췄다. 숨을 쉬면서 기다리는 듯한 침묵이 흘렀다. 그녀를 따라가기 위해 다시 그녀의 소리가 들리길 기다리는 것이었다. 그녀는 소리 없이 허리를 굽히고 신발을 벗었다. 그리고 스타킹만 신은 채 발뒤꿈치를 들고 살금살금 걸었다. 달리는 것은 엄두도 못 냈다.

침실은 묵직하고 끝없이 그녀를 짓눌렀다. 자신들만의 행복감에 젖은 그들은 가벼운 마음으로 이곳에 왔다. 당분간만 지낼 거라 믿으며 임시 거처를 마련했다. 두 사람 모두 어차피 잠깐 사는 곳이니 집이 어떻게 생겼든 상관없다고 생각했다. 곧 다른 곳으로 갈 작정이었다. 아마 다른 사람들도 만날 그렇게 생각할 거야, 이저벨은 생각했다. 잠시 동안 그녀는 여자가 마지막에 머물 만한 장소들을 떠올려보았다. 일본에서 전쟁이 끝난 후 뉴스 영화와 신문기사에서 본 장면들을 짜깁기한 풍경 속에서 그녀는 기억에도 없는 어머니의 얼굴을 보았다. 충분히 깊지 않은 무덤에 파묻힌 깡마른 몸을 보았다.

“그런 생각 하지 마.” 이저벨은 매몰차게 혼잣말을 했다. 그녀는 억지로 생각을 지웠다. 그러나 또다시 어머니가 떠올랐다. 이번에는 기차 창문 밖으로 몸을 내밀고 있었다. 그 뒤에 아버지가 보였다. 역무원이 호루라기를 불었다. 그리고 기차가 묵직한 엔진소리를 내며 움직이기 시작했다. 처음에는 아주 느렸다. 그래서 이저벨은 꼭 잡고 있던 고모의 손을 뿌리치고 기차 옆을 달리기 시작해 쉽게 따라잡을 수 있었다. 어머니는 손을 흔들지 않았다. 어머니는 이저벨의 얼굴을 뚫어져라 쳐다보았다. 이저벨은 기차 연기에 파묻힌 채 더 빨리 달렸다. 뒤에서 고모가 부르는 소리가 들렸다. 이제 기차는 더 빨리 달리고 있었다. 어머니의 얼굴은 창백한 원반이 되었고 그 주위에 검은 머리카락이 휘날리고 있었다. 마지막 기차간이 그녀를 추월하자 이저벨은 마치 뒤로 달리는 것처럼 보였고 어머니는 사라졌다. 이저벨은 플랫폼 끄트머리에서 햇빛을 받으며 서 있었다. 철길 옆에는 잡초가 자라고 있었다. 그녀는 뒤를 돌아보았다. 역사 차양 밑 어둠 속에 진 고모와 찰리가 있었다. 진 고모가 뭐라고 말했고 찰리가 이저벨이 있는 쪽으로 달려오기 시작했다.

저 여자. 저 망할 여자. 그녀가 또 걷고 있었다. 그녀는 필립을 깨우지 않으면서 이저벨을 잠 못 들게 하려면 어느 정도 소리를 내야 하는지 아주 정확히 아는 것처럼 독기를 내뿜으며 슬금슬금 걷고 있었다. 그 여자는 아래층에 누워 있는 이저벨이 도저히 자신을 피할 수 없다는 걸 알았다. 우리는 절대로 벗어나지 못할 거야, 이저벨은 생각했다. 저 여자는 그 점을 확실히 해두려는 거였다.

그러나 저항할 수 있었다. 그녀는 침대를 빠져나와 가운 대신 군복 외투를 걸쳤다. 그리고 리놀륨 바닥을 발끝으로 걸으며 소리 없이 거실을 지나 셋집 문을 열고 복도로 나갔다.

건물 현관문 위 채광창에 달이 떠 있었다. 이저벨은 자신의 달 그림자를 따라 살며시 위층으로 올라갔다. 그녀는 집주인이 사는 이층에 올라간 적이 한 번도 없었다. 항상 앳킨슨 부인이 내려왔다. 싸구려 나무문은 집을 개조했을 때 설치했을 거라고, 이저벨은 생각했다. 그 문 뒤에 집주인의 거처와 다락으로 올라가는 층계가 있었다. 이저벨은 나무문이 밖으로 열린다는 걸 알 수 있었다. 그녀는 주먹을 들어 손가락 관절로 세게 노크를 했다.

집이 조용해졌다. 가만히 귀를 기울이는 것처럼. 발소리가 멈추었다. 이저벨은 기다렸다. 잠시 후 또다시 발소리가 들렸다. 이번에는 문 쪽으로 다가오는 발소리였다. 빗장을 풀고 잠금장치에 열쇠를 넣는 소리가 들렸다.

이저벨은 경첩 옆 벽에 슬그머니 붙었다. 층계참의 어둠 속에서 더 깊은 어둠으로 들어가 바짝 몸을 붙이고 최대한 숨을 죽였다.

문이 활짝 열렸다. 이저벨은 문이 그녀의 몸에 닿고 튕겨나가지 않도록 손을 내밀어 청동으로 만든 예일* 잠금장치를 잡았다.

문이 열리면서 그녀는 그 뒤에 가려졌다.

"당신이야?" 집주인의 목소리가 들렸다. 이상하게 간절하고 젊은 목소리였다. 이저벨은 그녀가 층계참으로 한 걸음 나오는 소리를 들었다. "당신이야? 어디 있어?"

그녀는 난간에서 복도를 내려다보고 있었다. 이저벨은 아주 살짝 옆으로 몸을 옮겼다. 그러나 집주인이 아니었다. 그녀 집에 머물고 있는 손님이 틀림없었다. 목소리가 다르게 들린 것이 당연했다. 이 여자는 젊었다. 그녀가 앞으로 몸을 기울이자 머리카락이 흘러내려 달빛에 반짝거렸다. 그러더니 저 아래 내려다보이는 복도를 향해 다시 말했다. "당신이야?"

이저벨은 꼼짝도 하지 않았다. 잠시 후 여자는 뒤돌아섰다. 이제 그녀는 달을 등지고 있었다. 그래서 이저벨이 그녀의 얼굴을 보기에는 빛이 충분하지 않았다. 여자는 고개를 숙였다. 그리고 이층 문으로 걸어가 뒤로 문을 닫았다. 이저벨은 딸깍하고 문이 잠기고 빗장이 걸리는 소리를 들었다.

여자가 그토록 간절하게, 그러나 누가 엿들을까 두려운 것처럼 은근하고 조심스럽게 내뱉은 단어들의 떨림이 층계참과 복도에 여전히 남아 있었다. 당신이야? 어디 있어? 집주인보다 더 젊

---

* 미국의 잠금장치 제조사.

고 다정한 목소리였지만 억양은 같았다. 그리고 가족처럼 닮은 목소리였다. 난간에 기댄 날씬한 몸매조차도 완전히 낯설지는 않았다. 주인 여자의 집에 젊은 친척이 머물고 있는 모양이었다. 어쩌면 조카딸인지도 몰랐다.

이저벨은 문 반대쪽에 있는 사람이 귀를 기울이며 기다릴지 몰라서 한동안 잠자코 있었다. 더이상 발소리는 들리지 않았다. 그녀는 올라올 때처럼 소리 없이 살금살금 층계를 내려가 집안으로 들어갔다.

필립은 여전히 자고 있었다. 이저벨은 군복 외투를 펼치고 그 아래로 들어가 누웠다. 강하고 묘한 전류가 그녀를 가득 채웠다. 그녀는 자신이 잠들지 못하리란 걸 알았다. 달빛을 받으며 걷고 또 걸어 비행장까지 갈 수도 있을 것 같았다. 심장이 쿵쾅거렸다. 두려움 때문이 아니었다. 알렉 때문이었다. 그는 떠났지만 여전히 그녀의 생각을 소유하고 지배하면서 그녀의 머리부터 발끝까지 얼얼하게 만들고 있었다. 그는 어디에 있든 그녀를 열렬히 원할 것이다. 필립이 그녀 위에서 미소를 지으며 그녀의 눈을 내려다볼 때도 알렉은 거기 있었다. 침대에서 약간 떨어진 곳에 서서 팔짱을 낀 채 지켜보고 있었다. 진한 파란색, 거의 남색인 그의 눈은 너무 많은 걸 보아왔기에 그 무엇에도 놀라지 않을 것 같았다. 그의 얼굴은 여전히 젊었다. 그러나 눈은 그렇지 않았다.

7

매일 밤 이저벨은 잠들기 전 군복 외투를 덮고 필립에게서 등을 돌리고 누웠다. 알렉은 오후에 오거나 필립이 호출을 받고 나갔을 때는 밤늦게 오기도 했다. 그는 오래 머무는 법이 없었다. 때로는 겨우 일 분, 때로는 삼십 분 정도였다. 그는 창문을 두드렸다. 그녀가 건물 현관문을 열어주면 웃지도 않고 몽유병자처럼 걸어들어오곤 했다. 몹시 지쳐서 술을 한 잔 마시기 전에는 거의 한 마디도 할 수 없었다. 때로는 첫날처럼 침대에 주저앉아 벌린 무릎 위에 두 손을 올린 채 머리를 숙이고 있었다.

얼마 후 그녀는 그가 작전수행 보고를 듣고 곧장 왔을 때는 자기 자신으로 돌아가는 데 시간이 걸린다는 것을 알게 되었다. 랭커스터의 소음이 여전히 그를 통과하고 있었다. 마치 그는 스로틀에 용접되어 분리될 수 없는 것 같았다. 그녀는 그의 손가락이 떨리는 것을 보았다. 그에게 다가가 손에 술잔을 쥐여주었다. 때로는 맥주를 마시기도 했지만 대개 진을 마셨다. 그게 효과가 더 빨랐기 때문이다. 잔에 술이 담기고 그가 그걸 삼키고 나면 모든 것이 안정되기 시작했다.

처음 이틀 이후에 그녀는 조심해야겠다고 생각했다. 필립이 진이 줄어드는 것을 알아차렸다. 그는 이저벨이 외출을 별로 하지 않는 걸 걱정했다. 그녀가 하루를 어떻게 보냈는지 이야기하는 걸 들어보면 주로 장을 보고 산책을 하고 요리를 하는 것 같았다. 그가 그녀에게 할 만한 것 혹은 가볼 만한 곳을 제안하면 그때마다 그녀는 핑계를 대며 빠져나갔다.

처음 이저벨을 알았을 때 필립은 그녀의 책 읽는 모습이 보기 좋았다. 그녀가 재미있는 부분을 읽을 때 살짝 웃음이 스치는 얼굴을 보거나 다리를 깔고 앉은 채 페이지를 넘기며 한숨 쉬는 소리를 듣곤 했다. 그러나 그녀가 읽는 프랑스 소설은 며칠째 같은 페이지가 펼쳐져 있었다. 그는 프랑스어는 못 읽어도 페이지 숫자는 읽을 수 있었다. 그녀는 하루종일 무얼 하는 것일까?

"청소랑 요리를 하잖아." 그녀가 말했다.

"파출부를 쓰지 그래." 그는 다른 사람들이 사용하는 단어를 써보았다. 그의 어머니는 집안 구석구석을 손수 청소했다. "그럴 형편은 돼."

"아무도 집에 들이고 싶지 않아!"

"당신이 생활하는 게 더 편해질 거야."

"가게에서 사람들한테 감시당하는 것만으로도 충분히 끔찍해."

그녀가 날카롭게 말했다. 이런 반응은 처음이었다. 게다가 그녀는 달라 보였다. 좀 말랐군, 그는 생각했다. 하지만 아픈 것 같진 않아. 사실 그녀는 놀랄 만큼 매력적으로 보였다. 수련의 시절 그는 술을 마시고 숨기는 의사들을 본 적 있었다. 하지만 대체 이저벨은 진을 가지고 무얼 하는 것일까? 점심때 샌드위치를 먹으면서 한 잔씩 곁들이는 걸까? 그는 그런 모습을 상상할 수 없었다. 그러나 증거가 있었다. 그는 요령껏 그 문제를 꺼내놓을 것이다.

이저벨이 그를 보고 웃었다. 진짜 웃음이었다. 그러고 보니 그는 며칠 동안 그녀가 웃는 소리를 듣지 못했다는 걸 깨달았다. 그녀는 그의 상상일 뿐이라고 말했다. 어쨌든 진이 줄어든 건 사실이었지만 이저벨은 눈을 반짝거리며 웃었고 술냄새도 나지 않았다. 그는 더 캐묻지 않기로 했다. 그녀를 믿을 것이다.

다음날 이저벨은 기차를 타고 요크에 가서 고든스 한 병을 사 왔다. 그녀를 알아볼 사람이 있을지도 모르는 커비민스터의 주류판매점에서 술을 사는 건 너무 위험했다. 요크에서는 자유로웠다. 평소 같으면 익명성을 맘껏 즐기며 가게와 박물관을 구경하고 좁은 골목길을 돌아다니며 하루종일 도시에서 시간을 보냈겠지만 집을 너무 오래 비우는 게 마음에 걸렸다. 알렉이 창문을 두드리는 모습이 떠올랐다. 그녀는 갈색 종이에 싼 진을 장바구니 바닥 깊숙이 넣고서 바로 다음 기차를 타고 집으로 돌아왔다. 머리를 써서 원래 술병에 진을 1센티미터 정도 채웠다. 그리고 다음날은 1센티미터를 더 채웠다. 이제부터는 술이 줄어들 때마다 조금씩 채워넣을 것이다.

그녀는 필립이 술병을 들고 빛에 비춰보는 것을 보았다. 그 순간 그를 속이려고 했던 게 얼마나 어리석은 짓이었는지 깨달았다. 그는 너무 꼼꼼했다. 그녀라면 병 속의 술이 줄거나 늘거나 막연히 그러려니 했을 것이다. 그러나 필립은 절대 그러지 않았다. 그가 고개를 돌려 그녀를 바라보았다. 상처받은 듯 달아오른 눈빛이었다. 그녀에 대한 자신의 생각에 위배되는 행동을 목격했다고 여기는 것 같았다. 그녀에게 속은 걸 안다면 그가 어떤 표정을 지을지 그녀는 갑자기 두려워졌다. 필립 같은 사람은……

"내가 몰래 술 마시는 사람처럼 보여?" 그녀는 대수롭지 않은 것처럼 물었다. 그는 그녀를 바라보았다. 그의 시선이 그녀의 피부, 눈, 머리카락을 찬찬히 훑었다. 연애할 때 그녀가 좋아하던 눈빛이었다.

"아니," 그가 딱 잘라 말했다. "그렇지 않아. 아주 좋아 보여."

그녀 안에서 빛이 뿜어져나오는 것 같았다. 숨길 수 없었다. 눈에서 광채가 나고 창백했던 피부는 발그레했다. 그는 그녀를 바라보고 그녀도 그를 바라보았다. 누구도 물러서지 않았다. 두 사람은 독립적이지만 참을 수 없이 가까웠다.

그날 밤 침대에서 그가 갑자기 입을 열었다. "이저벨."

"왜?" 그녀는 완전히 깨어 있었지만 졸린 말투로 물었다.

"정말 아무 문제 없어?"

"없어." 그러고 나서 그녀는 꼼짝하지 않고 기다렸다. 그러나 그가 잠이 든 것 같지는 않았다. 그도 그녀처럼 기다리고 있었다. 이번에는 집주인이 자고 있는 게 틀림없었다. 집안의 으스스하고 음산한 어둠이 모여들어 침대 위를 담요처럼 덮고 있는 듯했다. 여기 있고 싶지 않아, 그녀는 속으로 격렬히 소리쳤다. 여기서 벗어나야 해.

"필립?"

아무 반응이 없었다.

"필립?" 그녀는 좀더 크게 다시 말했다.

여전히 대답이 없었다. 그러나 그는 깨어 있었다. 확실했다. 그녀는 그의 규칙적인 숨소리를 가만히 들었다. 그리고 한순간 진심으로 그가 미웠다. 이런 식으로 그녀의 마음이 그에게서 멀어지게 만들다니. 아주 편리하군, 그녀 안의 차갑고 작은 목소리가 말했다. 다 남편 탓으로 돌리지 그래?

이저벨은 알렉에게 어느 기지에서 근무하는지 한 번도 묻지 않았다. 그가 비행장 이야기를 하면 그녀는 잘 아는 것처럼 고개를 끄덕였다. 아마도 잉글랜드 동부에 있는 비행장 수십 곳 가운데 하나일 것이다. 그는 모터바이크를 가지고 있다고 말했다. 그리고 언젠가 날씨가 따뜻해지면 그녀를 태워주겠다고 했다. 그들은 해변으로 갈 것이다.

"당신이 무섭지 않다면."

"아니, 안 무서워."

"모터바이크 뒤에 타본 적 있어?"

그녀는 고개를 저었다.

"괜찮을 거야. 그냥 나를 꼭 잡고 있으면 돼."

그러나 다른 날 오후에는 이렇게 말했다. "전에 탔던 낡은 바이크를 타고 갈 거야, 이즈. 그 기러기들 기억나?"

그녀는 미소를 지었지만 대답하지 않았다. 그녀의 머릿속에 기러기 무리가 끊임없이 날갯짓을 하며 동쪽에서 서쪽으로 날아가는 모습이 떠올랐다. 그녀는 기러기들이 이동하는 모습을 여러 번 본 적이 있었다. 지금은 알렉과 함께 습지 가장자리 둑에 올라가 있는 자신의 모습이 보였다. 그들은 일몰 햇빛을 가리려고 손그늘을 만들고서 기러기들의 비행을 눈으로 따라갔다. 처음에는 영화를 보는 것 같았지만 그 장면을 보고 있는 동안 그것이 그녀 안에 들어와 그녀의 일부가 되었다. 이제는 이저벨의 기억이었다. 그녀는 실제로 무슨 일이 일어났는지 더이상 확신할 수 없었다. 그녀는 정말 알렉과 바이크를 타고 나갔을까? 그가 집에 오기 시작한 지 얼마나 되었지? 처음에 대한 기억은 그녀의 머릿속에서 선명하고 밝은 부분에 남아 있었다. 그가 창문을 두드린 것, 그녀의 소심함, 그리고 유리창 너머에 있던 그의 모습. 그러나 머릿속의 나머지 부분은 그녀 인생 바깥에서 온 기억들로 채워지고 있었다. 마구 밀려드는 기억들이 그녀의 것이 아니라고 말하는 그 작고 밝은 부분은 점점 작아지고 있었다. 알렉 때문이었다. 그가 그렇게 만들고 있었다. 정말 그런가? 그녀는 알 수 없었다. 필립…… 그녀는 손톱이 살을 찌를 정도로 주먹을 꽉 쥐었다. 자신을 아프게 만들어 꿈에서 깰 것이다. 그리고 필립을 생각할 것이다. 그렇다, 원한다면 그렇게 할 수 있었다. 여전히 남편 생각으로 머릿속을 채울 수 있었다. 거기 그가 있었다. 살짝 턱이 들린, 조각 같은 거무스름한 옆얼굴. 그러나 그녀가 그를 떠올려도 그는 그녀 쪽으로 고개를 돌리지 않을 것이다. 필립은 그녀가 거기 있는 줄도 몰랐다. 그는 자는 척하고 있었다! 지금 필립은 그녀를 도울 수 없었다.

알렉은 그녀를 보고 웃고 있었다. 그녀는 밀려드는 다른 기억들에 굴복하고 그것이 그녀 안에 들어와 그녀 자신이 되도록 내버려두었다.

"그래," 그녀가 말했다. "기러기들. 그날은 날씨가 좋았어, 그렇지?"

"언제 또 같이 타겠다고 약속해줄래?"

"물론이지."

"그 바이크는 아주 낡아빠졌지만 그래도 잘 나가." 그가 말했다. 갑자기 그의 얼굴에서 미소가 사라졌다. 그는 그녀를 잡고 있던 손을 놓고 뒤로 물러났다. "몇시지?"

그녀는 손목을 내려다보았지만 시계를 차고 있지 않았다. "기다려." 그녀는 낡은 자동차용 시계를 보려고 부엌으로 갔다. 그리고 말했다. "괜찮아, 알렉. 시간 많아."

그는 대답하지 않았다. 천천히 몸을 돌리면서도 그녀는 그가 이미 가버렸다는 걸 알았다. 그의 술잔이 있었고 재떨이 가장자리에는 그의 담배가 여전히 타고 있었다. 그녀는 실망감에 두 손을 맞잡고 비틀었다. 그는 무슨 장난을 치려는 걸까?

얼마 후 이저벨은 점점 더 차분해졌다. 그녀는 익숙해지는 거라고 생각했다. 확실히 알렉은 올 때마다 점점 더 오래 머물렀다. 꽤 길었던 첫 방문 이후, 그가 그녀와 함께 있는 시간은 초 단위로 줄어들었다가 다시 분 단위로 늘어나고 있었다. 오늘은 적어도 삼십 분은 머물렀다. 어떻게 더 오래 머물 수 있었을까? 그는 비행장으로 돌아가야 했다. 그녀는 알렉이 집에서 보낸 시간의 조각들을 생각해보았다. 그 조각들을 모두 합치는 게 가능하다면, 그래서 어떤 모양이 되는지 볼 수 있다면. 때때로 그녀는 똑같은 날이 계속 반복되는 듯한 기분이 들었다.

알렉은 그녀를 거의 만지지 않았다. 그녀가 그의 손을 잡으면 그 손은 심하게 떨리다가 얼마 후 잠잠해졌다. 그가 군복 외투 단추를 끄르며 셋집으로 들어올 때 그녀는 그에게 다가가고 싶었다. 그리고 외투 안으로 들어가 그에게 몸을 꼭 붙이고 외투가 두 사람을 감싸는 느낌을 확인하고 싶었다. 그러면 그들이 함께하게 될 것 같았다. 그러나 그는 너무 빨라서 그런 일은 절대로 일어나지 않았다. 매번 그는 침실로 곧장 걸어갔다. 그녀 역시 매번 그의 군복 외투를 받아서 접은 다음 침실 의자 위에 두었다.

그녀는 먹을 것을 권했지만 그는 배가 고픈 적이 없었다. 그는 나중에 작전을 나가기 전에 식사를 할 거라고 말했다. "달걀과 베이컨. 침이 고이지 않아?" 그가 장난스럽게 말했다. "꼬치고기

파이 먹을래?" 그는 그녀가 필립을 위해 구운 스펀지케이크를 한 조각도 먹지 않을 것이다. 그는 진을 마셨고 때로는 500밀리리터짜리 머그에 차를 마시고 줄담배를 피웠다.

초기에는 그가 술 한 잔을 마신 다음 담배를 피우고 사라진 적이 종종 있었다. 그러던 어느 날 오후 그녀는 침대에 앉아 무릎을 뚫어져라 내려다보고 있는 그의 옆에 앉아 안아줘야겠다고 생각했다. 그는 그녀를 보지 않고 미소를 지었다. 그리고 머리를 살짝 기울여 그녀의 어깨에 기댔다. 눈 깜짝할 새 일어난 일이고 몹시 친밀한 행동이라서 그녀는 어떻게 반응해야 할지 알 수 없었다. 그러나 그는 아주 잠깐 그러고 있다가 다시 아래를 내려다보며 깊은 생각에 잠기는 자세로 돌아갔다. 그런 다음 그녀의 손을 잡고 무게를 가늠해보더니 자기 손 안에서 흔들었다. 그녀는 자신의 손을 태울 듯한 열기가 전해져오는 것을 느꼈다.

그들이 비행장에 간 것은 그다음날이었다. 초인종이 울렸을 때 이저벨은 점퍼를 세탁하고 있었다. 춥고 화창한 날이었다. 건물 현관문을 열자 겨울 햇빛에 눈이 부셨다. 거기 그가 있었다. 그리고 그의 뒤에 모터바이크가 갓돌에 기대어 있었다. 오늘 그는 누가 보든 말든 신경쓰지 않는 것 같았다. 그는 비행재킷을 입고 가죽 헬멧을 쓰고 턱에 끈도 채웠다. 그리고 고글을 헬멧

위로 밀어올린 모습이었다.

"시드한테 당신이 입을 옷을 빌렸어." 그가 말했다. 그리고 더 작은 재킷과 가죽 헬멧을 내밀었다.

"치마는 불편할 텐데." 그가 그녀를 보며 말했다. "시드에게 바지까지 달라고 할 수는 없었어. 다른 옷 없어?"

그녀가 외출 준비를 마치는 데는 십 분이 걸렸다. 열여섯 살부터 입었던 체크무늬 바지에 필립의 가장 두꺼운 겨울 바지를 덧입고 단을 걷어올렸다. 시드의 재킷은 따뜻했고 얼추 그녀에게 맞았다.

"공군들이 입는 어빈 재킷이야." 알렉이 말했다.

"시드는 작은 사람인가봐."

"난쟁이야. 잘된 일이지. 후방 포탑에 들어갈 수 있는 무전병이 필요하니까."

"그렇구나." 이저벨이 말했다.

그녀는 알렉 뒤에 앉아 그의 허리를 두 팔로 끌어안았다. 그리고 발판에 발을 올려놓았다.

"비행장까지 갈 거야." 그가 말했다. "오늘은 해변에 갈 시간이 없어. 춥지 않아?"

그가 어깨 너머로 돌아보자 그녀는 고개를 끄덕였다. 밖에 나오니 그가 사뭇 달라 보였다. 무거운 짐을 내려놓은 사람처럼 더 어려 보였다. 그는 모터바이크를 사랑했다. 그녀는 알 수 있었다. 그는 그녀가 뒷자리에 타는 법을 이미 안다고 생각하는 것 같았다. 그래서 그녀는 물어보지 않았다. 그를 꽉 붙잡는 것은 별로 어렵지 않은 일일 것이다.

"전에 75까지 속력을 높였던 거 기억나?"

"오늘은 안 돼." 그녀가 단호하게 말했다.

"당신을 뒤에 태우고 그러면 안 되지. 절대로."

그때 여자 두 명이 길모퉁이를 돌아나왔다. 재닛 잉골드비와 이저벨이 모르는 더 젊은 여자였다. 그들은 천천히 걸으면서 머리를 맞대고 대화에 푹 빠져 있었다. 한순간 이저벨은 가슴이 에는 듯한 고통을 느꼈다. 이 여자, 우정으로 상기된 얼굴의 이 여자는 그녀가 모르는 재닛 잉골드비였다. 두려움 때문에 그 생각은 곧 밀려났다. 잉골드비 부인이 그녀를 봐서는 안 된다. 이저벨이 이런 옷을 입고 있어도 부인은 그녀를 알아볼 것이다. 모터바이크 뒷자리에서 알렉의 허리를 안고 있는 그녀를 보면 잉골드비 선생에게 그 이야기를 전할 테고 그러면 필립이…… 그때 재닛 잉골드비가 고개를 들고 이저벨을 똑바로 쳐다보았다. 그녀는 친구에게 무언가 열심히 말하면서 웃고 있었다. 사실 그녀는 어딘가를 가리키고 있었다. 이저벨의 집을 가리키면서 무슨 말을 하고 있었는데 이저벨에게는 잘 들리지 않았다. 잉골드비 부인의 시선은 모터바이크와 그 위에 탄 두 사람을 그냥 지나쳤다. 이저벨은 얼굴을 숨기기 위해 고개를 숙였다. 이제 그녀는 알렉이 입은 재킷 천의 조직 말고는 아무것도 보이지 않았다. 그가 발로 시동을 걸자 엔진이 부릉거렸다. 진동이 이저벨의 몸을 훑고 지나갔다. 그녀는 그에게 더 바짝 달라붙었다. 재닛 잉골드비는 이제 그녀를 보지 못할 것이다. 모터바이크가 출발하자 그녀는 위험을 무릅쓰고 흘끗 뒤를 돌아보았다. 둘 중 누구도 그녀 쪽을 보고 있지 않았다. 바이크 소음은 그들에게 전혀 방해가 되지 않았다.

마을을 벗어나자마자 알렉은 속력을 높였다. 바이크가 질주했다. 앙상한 산울타리가 그녀에게 달려들었다. 굽은 길을 돌 때는 땅이 기울어지는 것 같았다. 그녀는 엔진 소음에 압도되어갔다. 알렉에게 달라붙어 길의 굽이에 맞춰 몸을 기울이는 수밖에 없었다. 그러나 겁이 났다. 자신의 몸에서 새어나온 두려움이 알렉에게 흘러들어가는 것을 느낄 수 있었다. 그 두려움이 그들의 결합을 무너뜨리고 있었다. 그녀가 이렇게 뻣뻣하게 앉아 있으면 그 역시 바이크를 제대로 몰 수 없었다. 그녀는 자신의 목구멍 안에서 나는 소리를 들었다. 숨이 막히는 소리, 또는 저항의 소리였다. 그도 이제 확신하지 못했다. 그녀는 속도가 줄어드는 것을 느꼈다. 그는 길에서 시선을 돌려 다시 한번 뒤를 흘깃거렸다. 이것은 실패로 끝날 것이다. 그는 그녀가 여기, 그의 모터바이크 뒷자리에 없다는 걸 알게 될 것이다. 그리고 그러는 중에……

그녀에 대해 전부 알게 될 것이다.

안 돼. 그런 일이 일어나선 안 돼. 이저벨은 천천히 길게 숨을 내쉬었다. 두려울 게 없었다. 길은 왼쪽으로 휘어졌고 그녀는 길을 따라 몸을 기울였다. 그들 사이에 어떤 것도 잘못될 여지가 없도록 알렉에게 바짝 달라붙었다. 그가 몸을 기울이자 그녀도 몸을 기울였다. 그들은 하나의 생명체였다. 똑같은 소음과 진동이 그들을 통과해 지나갔다. 바이크가 다시 일어섰다. 그들은 휘어진 길을 지나 다시 똑바른 길을 달리고 있었다. 그녀는 그의 어깨 너머를 보기 위해 약간 몸을 움직였다. 하얀 길이 그들을 향해 휙휙 다가왔다. 한때는 트럭 두 대가 씽씽 지나갈 만큼 충분히 넓었던 그 길엔 잡초가 무성했다. 알렉이 스로틀을 당기자 다시 속도가 빨라졌다.

그녀는 비행장을 지나 해변까지 계속 가고 싶었다. 그러나 속도가 줄어드는 게 느껴졌다. 그가 옳았다. 그럴 시간은 없을 것이다. 그녀는 그가 오른손을 들고 보이지 않는 누군가에게 인사하는 것을 보았다.

망가진 철조망이 저멀리까지 이어져 있었다. 비행장 입구의 초소는 아무것도 지킬 게 없었다. 거의 400미터 거리였지만 그녀는 그에게 보이지 않는 모든 것을 볼 수 있었다. 검게 변한 잡초. 쪼개진 콘크리트, 그 틈 사이로 불어오는 바람. 알렉은 흙길 입구의 문 옆에 바이크를 세웠다.

"초소를 통과할 게 아니면 바이크를 끌고 갈 필요가 없어." 그가 말했다. 그는 장갑을 벗었다. "춥지 않아, 자기?"

그 단어가 그녀를 훑고 지나갔다. 필립은 절대 애칭을 쓰지 않았다. 그녀는 이즈 또는 이저벨이었다. 그는 자라면서 여자를 애칭으로 부를 일이 없었다. 그녀는 그런 말이 그에게 부자연스러울 뿐 아니라 불필요하다는 것을 이해했다. 그들은 결혼했다. 그들은 함께 살았다. 그는 그녀의 몸에 들어왔다. 그것은 말이 필요없는 현실이었다.

필립을 생각하니 그가 다른 세상에 있는 듯 아주 멀게 느껴져서 이상한 기분이 들었다. 또는 그가 안개 속에 파묻힌 것 같았다. 그래, 그거야. 동쪽에서 몰려오는 안개. 그렇게 멀리서 오는데도 바다 냄새를 고스란히 품고 있는 안개. 그런 안개는 순식간에 모든 것을 덮어버린다.

알렉은 선명하고 가까웠다. 그는 잎이 다 떨어진 산울타리 옆에 서서 담뱃불을 붙이고 있었다. 그녀는 연기를 바라보며 냄새를 들이마셨다. 그의 입 주위에 주름이 파여 있었다. 젊은 남자치고는 너무 깊은 주름이었다. 산울타리 아래에서 개똥지빠귀 한 마리가 부스럭거리다가 잠잠해졌다. 그녀는 그들을 바라보는 새의 구슬 같은 눈을 보았다.

"넌 뭐가 보이니?" 그녀는 새에게 말을 걸었다. 더이상 자신을 속일 수 없었다. 아마도 새는 겨울 오후에 혼자서 중얼거리는 여자를 보았을 것이다. 어쩌면 아무것도 보지 못했을지도 모른다. 알렉은 이저벨이 하는 말을 듣지 못했다. 그는 잠긴 문을 열고 있었다.

"어서 와." 그가 다급하게 말했다. 그는 그녀를 위해 문을 밀어 열어주었다. 그들이 문을 통과할 때 지난해 무성했던 블랙베리나무의 가시들이 떨어져나갔다. 그녀는 알렉을 따라 갈아엎은 이랑을 조심스럽게 디디며 걸었다. 오랫동안 버려져 있던 오솔길처럼 보일락 말락 희미한 길이 다음 모퉁이까지 이어졌다. 모퉁이에는 부서진 작은 계단이 있었다. 알렉은 계단을 올라가더니 한 손을 내밀어 그녀를 끌어올렸다. 그는 나무가 썩은 것을 못 본 모양이었다. 나무는 그녀의 체중을 견뎌주었고 그녀가 뛰어내릴 때 그가 손을 잡아주었다.

그녀는 이제 그가 어디로 가는지 알았다. 다음 모퉁이에 막사가 있었다. 한때는 군인들의 거처였겠지만 지금은 덜렁거리는 문이 간신히 붙어 있고 물결 모양 철제 지붕에는 녹이 슬었다. 그는 그녀를 막사로 데려가고 있었다. 겨울이지만 산울타리와 가파른 둑 때문에 길에서는 막사가 보이지 않았다. 이곳은 전혀 비행장 같지 않았다. 지난밤의 서리에 단단하게 굳은 채 겨울잠에 빠진, 갈아엎은 땅 말고는 수 킬로미터 이내에 아무것도 보이지 않았다. 몹시 적막했다.

"여기야." 그가 말했다. 그러고는 그녀를 위해 문을 열어주듯이 옆으로 비켜섰다. 그러나 문은 경첩이 떨어져 있었다. 그녀는 허리를 굽히고 막사 안으로 들어갔다.

막사 안은 바깥보다 따뜻했다. 발밑에 무언가 푹신한 게 있었다. 알렉도 안으로 들어섰다. 그리고 열린 문 사이로 빛이 들어왔다. 막사 안의 바닥은 썩어 있었다. 한때 바닥에 깔려 있던 낡은 카펫이 썩은 나무 바닥에 파묻혀서 마치 바닥에 무늬를 짜넣은 것 같았다. 카펫은 원래 붉은색이었다.

막사 안은 몹시 건조했다. 그리고 흙냄새가 났다. 거미와 딱정벌레는 있겠지만 쥐가 살 만한 여건은 안 돼 보였다.

"드디어 왔네." 알렉이 말했다. 그녀는 그가 웃는 걸 보았다. 막사 안은 몹시 좁아서 그들은 어색하게 함께 서 있었다. 순간 그의 얼굴이 어두워졌다. 그러더니 재빨리 두리번거렸다. 갑자기 적나라한 공포에 사로잡힌 것 같았다. 이저벨은 문을 향해 뒷걸음질쳤다. 그러나 그가 손을 내밀어 그녀를 잡았다.

"가지 마." 그가 빠르게 중얼거렸다. "가지 마, 이지. 여긴 안전해. 시간도 충분하고."

"뭐가 문제인데?"

"매트리스가 안 보였어. 누군가 치운 줄 알았어." 그녀는 자신이 본 것을 그도 보았음을 즉시 알아차렸다. 썩은 나무 바닥에 파묻힌 카펫과 녹과 부패한 것들. 그러나 그는 완강했다. "괜찮아." 그는 아래를 가리키며 말했다. "여기 있어. 알렉과 이저벨을 위한 매트리스 말이야. 빛의 장난이었나봐. 맙소사, 오랜 시간 동안 어둠 속을 노려보고 있으면 그런 것처럼…… 그들이 보낸 허수아비가 어떤 한심한 개자식이 날린 연처럼 보일 때도 있지……"

"괜찮아, 알렉." 그녀는 말했다. 매트리스는 없었다.

"외투를 깔아줄게. 그럼 아주 따뜻할 거야."

"하지만 외투를 가져오지 않았잖아……"

그녀는 그를 바라보았다. 그리고 그의 팔에 걸쳐진 외투를 보았다. 그가 바닥에 외투를 조심스럽게 펼쳤다. 그러고 나서 긴 다리를 접어 책상다리를 하고 앉아 웃으며 그녀를 올려다보았다. 그녀는 그를 내려다본 적이 한 번도 없었다. 그는 훨씬 더 어려 보였다. 정수리를 빽빽하게 채운 금발이 보였다. 그녀는 그

머리카락을 만지려고 한 손을 내밀었다. 그러자 또다시 그가 그녀를 잡았다.

"이리 와. 어서, 이지. 시간이 그렇게 많지 않아."

물론 그랬다. 그와 마찬가지로 그녀도 아주 잘 이해하고 있었다. 아니, 이해하지는 못했지만 알고 있었다. 막사 너머에 비옥하게 갈아엎은, 드넓은 들판은 없었다. 800미터를 가면 비행장이 나오는 헐벗은 길이 있을 뿐이었다. 그녀가 그의 옆에 앉았을 때 그는 벌써 재킷을 벗고 있었다.

그 순간 필립이 유령처럼 그녀의 머릿속에 들어왔다. 그는 가방을 들고 차로 걸어가고 있었다. 그의 옆에는 아주 작은 이저벨이 종종걸음으로 걷고 있었다. 이제 작은 두 생명체는 이저벨이 더이상 기억하지 못하는 곳을 향해 차를 타고 가는 중이었다.

옷을 벗기에는 너무 추웠다. 알렉의 눈에도 담요는 안 보이는 모양이었다. 그들은 모직물과 면직물을 사이에 두고 서로를 꽉 껴안았다. 그리고 맨살이 닿을 때까지 옷을 젖혔다. 그녀는 그의 목에 입술을 꾹 누르며 그의 온기를 느꼈다. 소금, 면직물, 라이프부이 비누, 담배, 엔진오일 맛이 났다. 그녀는 그를 받아들이면서 이와 혀를 그에게 비볐다.

마치 매트리스 위에 누운 것처럼 아래가 푹신했다. 그가 그녀를 만지려고 그녀의 옷을 잡아당기자 따끔거리는 외투의 감촉이 느껴졌다. 그는 세상의 모든 시간을 가진 것처럼 미소를 지으며 그녀의 뺨을 어루만졌다. 그때 그들은 한몸이 되어 떨고 있었다. 입술과 입이 엉키고 침과 젖은 머리카락이 그녀의 얼굴에 흘러내렸다. 그녀는 그 어느 때보다도 더 활짝 그에게 열리고 있었다. 그는 그녀가 모든 것을 잊을 만큼 깊게 그녀 안으로 들어와 그녀의 일부가 되었다.

8

이저벨의 턱과 가슴 사이에 그의 머리가 자연스레 자리를 잡았다. 그들은 한참을 그렇게 누운 채 서서히 자기 자신으로 돌아오는 중이었다. 아마도 한동안 잠이 들었을 것이다. 알렉의 머리카락은 땀에 젖어 뿌리 부분이 진하게 보였다. 그는 그녀에게 얼굴을 꼭 붙이고 있었다. 그에게서 오일냄새가 났다. 바이크 엔진 오일이 묻은 손으로 머리카락을 쓸어넘긴 게 틀림없었다. 그리고 다른 냄새, 폭죽이 터질 때 나는 매캐한 화약냄새 같은 것도 있었다. 그의 왼손 손가락 사이사이에 그녀의 긴 머리카락이 감겨 있었다. 그녀가 살짝 움직이자 그것이 닻처럼 그녀를 잡아당겼다.

집에 가야 해, 그녀는 생각했다. 늦을 거야.

집이라…… 근데 집이 어디였지? 그녀의 의식이 낯선 어둠 속에서 버둥거렸다. 마치 알렉이 그녀의 몸뿐 아니라 의식 속에까지 들어와 그녀를 빼내고 그 자리에 자신을 남겨둔 것 같았다. 그는 그녀를 소유했다. 소유, 그녀는 생각했다. 그리고 그녀의 의식은 한순간 두려움에 떨었다. 그러나 아니었다. 그는 따뜻했고 숨을 쉬고 있었다. 그녀도 따뜻했다. 그녀는 다른 생각은 일체 하지 않을 것이다. 그들은 서로에게 속해 있었다. 시간에 틈이 생겼고 그들은 서로에게 자신을 내주었다.

그녀는 그를 방해하지 않으려고 조심스럽게 자세를 바꾸었다. 지금 그가 있는 자리, 그녀와 몸을 맞대고 있는 그 자리에 계속 머물러주었으면 하는 것이 그녀의 유일한 바람이었다. 그녀의 허벅지가 끈적거렸다. 그가 그녀 안에 들어왔을 때 그녀는 그를 꽉 조였다. 조심해야 한다는 것을 알았지만 그가 빠져나가게 하고 싶지 않았다.

집이라…… 그러나 그녀의 머릿속에는 셋집의 칙칙한 방들이 아니라 잿빛 돌로 지은 농장 주택이 떠올랐다. 집의 이미지는 점점 발전했다. 집 옆 잔디밭 위로 빨랫줄이 지나가고 있었다. 뒷문은 반쯤 열려 있고 그녀는 집안에 무엇이 있는지 자신이 알고 있다는 사실을 깨달았다. 그녀는 흑연으로 광을 낸 레인지가 있는 부엌을 알았다. 그녀의 손가락은 광을 내려고 천을 문지르던 그 정확한 압력을 알았다. 집안 천장에는 빨간색과 크림색 밧줄을 가느다랗게 꼬아 만든 줄에 빨래 건조대가 매달려 있었다. 그녀는 그게 어떻게 흔들리는지 알았다. 그리고 빨래를 널 때 밧줄이 느슨해져 깨끗한 빨래로 가득한 건조대가 바닥에 떨어지지 않게 하려면 어떻게 후크에 밧줄을 감아야 하는지도 알았다. 겨울에는 깨끗한 빨래에서 그녀가 요리한 음식 냄새가 났다. 그녀는 블라우스에서 빵냄새가 나는 것은 신경쓰지 않았지만 고기 냄새가 나는 건 좋아하지 않았다.

이저벨이 지켜보는 동안 부엌은 점점 더 채워졌다. 처음에는 연기처럼 떠다니던 어두침침한 형체들이 빙글빙글 돌면서 단단하게 모습을 갖춰가기 시작했다. 그녀는 자신의 의식을 잡아챘다. 그녀가 보지 않으면 그들은 녹아버릴 것이다. 무엇보다 그녀는 그들의 얼굴을 보고 싶지 않았다. 기분 나쁘게 다급한 느낌이 그녀를 사로잡았다. 그녀는 알렉을 흔들어 깨웠다.

"알렉! 알렉! 집에 가야 해. 시간을 봐."

그가 그녀에게서 떨어져나와 반듯이 누웠다. 혼란스러운 듯 생각을 정리하고 있었다.

"왜 그래, 이지?"

"늦으면 안 돼. 그가 걱정할 거야." 걱정은 암호였다. 의심이라는 뜻이었다.

"그 사람은 형이랑 요크에 갈 거라고 하지 않았어?"

"아니야." 이저벨이 말했다. 알렉의 말이 그녀의 머릿속을 돌아다녔다. 무슨 말인지 알 수가 없었다. "그런 말 한 적 없어. 그 사람은……"

"조금만 더 있자." 알렉이 그녀에게 팔을 내밀며 말했다. 그의 눈이 그녀를 향해 하늘처럼 활짝 열려 있었다. "아직 가지 마, 자기." 또다시 그 애칭이 그녀를 움직이고 녹여버렸다. 그러나 그녀는 허둥지둥 일어나 무릎을 꿇고 옷을 여민 다음 손으로 쓸어 정돈했다. 사향 같은 강렬한 섹스 냄새가 났다. 그녀는 머리카락을 그러모아 목 뒤로 묶었다. 그리고 주머니에서 손수건을 꺼냈다. 그녀는 침을 묻힌 손수건으로 눈가와 입가를 문질렀다. 알렉도 재빨리 옷을 입었다. 그는 옷을 입다 말고 그녀에게 말했다. "내 얼굴에도 해줘."

"당신은 괜찮아. 안 해도 돼."

"그래도."

그녀는 한번 더 손수건에 침을 뱉어 그의 입가를 문질러주었다. 그리고 이마도 닦아주었다. 그가 옳았다. 그의 얼굴은 깨끗하지 않았다. 땀구멍에서 엔진오일이 배어나온 듯 손수건에 까만 때가 묻었다. 그러나 그의 피부는 아주 희고 결이 고와서 그녀의 손길에 고분고분했다……

“손수건에서 좋은 냄새가 나.” 그가 말했다.

“손수건 서랍에 라벤더를 넣어두거든.” 그녀는 말했다. 그때 라벤더를 말리려고 처음 보는 정원에서 꽃을 따는 자신의 모습이 보였다. 그녀는 머뭇거리며 그 기억을 좀더 따라갔다. 그곳에서 그녀는 라벤더가 가득 담긴 바구니를 들고 집안으로 들어가고 있었다. 초록색 페인트가 칠해진 뒷문에 다다르자 햇빛에 페인트가 상한 것이 보였다. 페인트칠이 갈라지기 시작하고 있었다. 그러나 할 수 있는 일이 없었다. 그때는 페인트를 구하기가 거의 불가능했다. 두 손 가득 짐을 든 그녀는 발로 문을 열고 더 활짝 열리도록 엉덩이로 밀었다.

이제 그녀는 알렉과 처음 만났던 때가 기억났다. 그 기억은 아주 또렷해지는 반면, 셋집과 필립은 점점 뿌옇게 흐려지고 멀어지고 있었다. 그것은 다른 사람의 기억이었다. 그리고 이제는 그녀의 기억이기도 했다. 농장 주택, 그곳에서의 삶, 그녀였던 여자. 제프는 술집에서 알렉을 만나 크리켓 경기에 대해 이야기를 나누었다. 그리고 일요일 늦은 오후에 차를 마시러 오라고 초대했다. 집에서 구운 빵과 직접 벌을 쳐서 얻은 꿀, 사과 케이크가 있었다. 제프는 그녀에게 알렉이 뉴캐슬 출신이고 캐나다에서 공군 훈련을 받았다고 말했다. 캐나다라니! 그녀는 생각했다. 그녀가 가본 가장 먼 곳은 요크뿐인데.

그녀는 항상 조르디* 사투리를 좋아했다. 알렉의 말씨에는 희미하지만 어쨌든 그 흔적이 남아 있었다. 그는 교육받은 사람이고 장교였다. 그는 아기를 좋아했다. 아기가 자는 바구니에 한 손을 얹고 아기들에게 익숙하지 않은 것처럼 어색하게 뺨을 쓰다듬었다. 찌릿한 고통이 그녀를 훑고 지나갔다. 그는 고개를 들고 미소를 지었다. 그리고 그녀는 그의 눈이 얼마나 진한 파란색인지 보았다. 거의 남색이었다. 그는 덩치가 컸다. 제프보다도 컸다. 그러나 손길은 어찌나 가벼운지 윌리엄은 꼼짝도 하지 않았다. 그녀는 눈을 내리깔 수밖에 없었다.

그녀는 탁자에 무거운 찻주전자를 올려놓았다. 그리고 빵을 썰기 시작했다. 그녀는 자신을 바라보는 그를 느낄 수 있었다. 그녀는 차를 따랐다.

"휴가를 얻으면 집에 가겠네요." 그녀는 차마 결혼했는지 묻지는 못하고 그렇게 말했다. 공군들은 대부분 미혼이라는 걸 그녀는 알았다. 그들은 너무 어렸다. 그는 몇 살일까? 스물둘, 아니면 스물셋? 그러나 그들은 항상 더 나이들어 보였다.

"그럼 얼마나 좋겠어요." 그가 그녀를 놀리듯이 부드럽게 대답했다. 그녀는 바늘에 찔린 것처럼 잠시 숨이 멎었다. 제프는

* 잉글랜드 북동부 타인사이드 출신.

시끄럽게 후루룩거리며 차를 마시고 있었다. 그는 듣고 있지 않았다.

이저벨은 숨을 가다듬었다. 그녀가 기억하는 것은 그녀의 기억이 아니었다. 나는 이저벨 캐리야, 그녀는 속으로 말했다. 나는 커비민스터에 살아. 내 남편은 의사이고 그의 이름은 필립 캐리야. 그녀는 주문처럼 그 말을 중얼거렸다. 그런데 알렉, 지금의 알렉이 그녀가 하는 말을 들었다. 그가 그녀를 흘낏 바라보았다. 그녀는 스스로를 비난하듯 고개를 저었다. 그는 다시 군화 끈 매는 일로 돌아갔다. 이제 그는 나지막이 휘파람을 불고 있었다. 그녀는 그가 얼마나 만족스러운지 알아차렸다. 그리고 자신도 미소를 짓고 있음을 깨달았다. 그가 고개를 들었다.

"왜 그래?" 그가 물었다.

"아무것도 아니야."

"웃었잖아."

"당신이 군화 끈 매는 걸 보는 게 좋아. 당신은 누군가와 꽤 가깝게 지내는 법을 알아. 하지만 그 사람은 특유의 표정이 있어. 아마 당신은 절대로 보지 못하겠지? 그 사람은 일을 하거나 열차간에 혼자 있을 때 그런 표정을 지어." 그녀는 필립을 생각하고 있었다. 그녀의 머릿속에서 그가 다시 선명해졌다. 필립이 혼자

서 차를 타고 그녀 따위는 안중에도 없이 시골 지역을 누비면서 온갖 길을 익히는 모습이 보였다.

"꽤 가깝다니, 그게 다야?" 알렉이 장난스럽게 물었다. 그러나 그녀의 머릿속에는 필립이 있었다. 그녀는 무슨 말인지 몰라 그를 빤히 쳐다보았다. "나라면 우리가 그것보다 더 가깝다고 말했을 거야." 알렉이 그녀의 눈을 대담하게 들여다보았다. 필립은 절대로 그렇게 하지 않을 것이다. 그에게는 그들이 침대에서 하는 일과 낮 동안의 그들 자신은 완전 다른 세계의 것이었다.

"아주 가깝지." 그녀는 알렉 못지않게 장난스러운 말투로 말했다. 그녀의 자아가 표정에 적나라하게 드러났다. 왜 그녀는 지금 필립이 떠오르게 내버려두었을까? 그를 밀어내야 한다. 마음속에 필립과 알렉, 두 사람을 함께 두는 건 안전하지 않았다.

갑자기 알렉의 미소가 사라졌다. 그러더니 그녀에게서 관심을 돌렸다. 그는 얼굴을 찌푸리고 딴 생각에 잠겼다. "늦진 않았을 거야." 그가 스스로를 안심시키려는 듯 말했다.

"늦었을지도 몰라. 우리 둘 다 시계가 없다니 말도 안 되는 일이야."

그녀는 그가 그렇게 경솔한 것을 믿을 수 없었다. 그는 항상 시계를 차고 다녀야 했다. 일 분도 정확하게 지켜야 했다. 그는 기장이었다. 일 분, 아니 일 초가 생명이었다. 그는 작전 지시를 마친 후에는 대원들 모두 똑같이 시계를 맞춘다고 말했었다.

알렉은 시계가 있어야 할 손목을 보고 있었다. 평소 시계 끈에 가려져 있던 부분은 살색이 더 연했다. 그녀는 그 아름다운 손목을 바라보았다. 돌아가는 움직임, 금발머리보다 더 진한 색의 삐죽 나온 털들. 그녀의 얼굴에서 피가 빠져나가는 듯한 느낌이 들었다. 피가 썰물처럼 빠져나가면서 그녀의 생명도 같이 가져가는 것 같았다. 그녀는 그를 만져야 했다. 그를……

"시계가 어떻게 된 건지 모르겠어." 그는 말했다. "분명히 막사에 있을 거야."

그들이 잤던 곳 같은 기다란 반원형 막사를 말하는 것이었다. 막사 안에는 난방을 위한 철제 난로가 하나 있었다. 그는 장교라서 방을 혼자 쓸 수 있었다. 혼자 쓰는 철제 침대, 사물함, 식탁이 있고 목욕을 하려면 진흙길을 걸어가야 했다. 형편없는 길이었다. 자전거가 없으면 반나절을 걸어야 하는 거리였다. 전시에 사용했던 폭격 기지들은 모두 똑같았다. 진흙, 가시철조망, 콘크리트, 물결 모양 철제 지붕, 그런 것들뿐이었다. 양배추 밭 한가운데 임시 도시들이 불쑥 솟아 있었다.

"제기랄, 거기 있어야 할 텐데. 진흙에 빠뜨렸다면……"

"침대 옆에 있을 거야." 이저벨이 말했다.

그는 어깨 너머로 겨울 오후의 하얀 빛을 불안하게 흘낏거렸다.

"서둘러야겠어. 바이크로 데려다줄게, 이지."

그녀는 들판을 가로질러 걸어가면서 시드의 재킷을 여미고 헬멧을 썼다. 이제 더 대담해진 기분이었다. 그녀는 알렉의 바이크 뒷자리를 차지한, 그의 여자였다. 그러나 막사에서 나왔을 때 이저벨은 어린 시절 지겹도록 들었던 소리를 알아차렸다. 랭커스터의 엔진, 그러니까 멀린 엔진 소리였다. 엔진 하나가 시동이 걸렸고 부릉거리며 돌아갔다. 그러고 나서 또 하나, 또 하나, 또 하나. 왼쪽 내부와 외부, 오른쪽 내부와 외부에 하나씩. 엔진들은 굉음을 내며 전속력으로 돌아갔다. 그러고 나서 차츰 소리가 안정되다가 멈췄다.

"노라일 거야." 알렉이 말했다.

"그걸 어떻게 알아!"

"노라가 왼쪽 외부 엔진을 수리했어. 테스트를 하는 거야." 그는 아이에게 말하듯 설명했다. 그러나 그녀는 그가 이미 그의 세계로 절반 이상 넘어간 것을 알아차렸다. 그는 철조망 너머의 엔진소리만 듣고도 모든 진동의 의미를 알아냈다. 그가 집중해서 들을수록 소리가 그들 쪽으로 끌려오는 것 같았다.

"가봐." 그가 입을 열기 전에 이저벨이 말했다.

"그래."

그러나 그는 그녀에게서 눈을 떼지 않고 우물쭈물 서 있었다.

그녀는 그가 기다리는 것이 있음을 깨달았다. 그리고 곧 그게 무엇인지 알았다. 거창한 것은 아니었다. 그저 그녀를 위해 동료에게서 빌린 재킷 때문이었다. "이걸 가져가야지." 그녀가 시드의 재킷을 벗으며 말했다. "여기." 그녀는 이미 가죽 헬멧도 벗고 있었다.

"춥지 않을까?"

그의 질문은 왠지 예의상 하는 말처럼 들렸다. 그녀가 춥든 말든 별로 중요하지 않다는 듯이. 갑자기 그녀는 그에게 현실이 아니었다. 이저벨은 따뜻한 양가죽 안감이 벗겨진데다 문득 자신이 유령처럼 느껴지는 탓에 몸을 떨었다. 알렉의 마음은 다른 곳에 있는 게 틀림없었다. 그렇지 않으면 갑자기 겉옷을 가져가고 이렇게 내버려둘 리 없었다. "내 점퍼가 얼마나 두꺼운지 만져봐." 그녀는 좋게 생각하려고 애쓰면서 말했다. "춥지 않을 거야. 들판을 가로질러서 집으로 돌아갈게."

알렉은 재킷을 접고 헬멧을 그 안에 밀어넣은 다음 짐칸에 묶었다. "정말이야?"

"정말이야."

그는 모터바이크에 올라탄 다음 발로 시동을 걸었다. 그는 곧 떠날 참이었다. 그녀는 행운을 빌어주려는 듯 손을 내밀어 그의 가죽 재킷을 만졌다. 그러나 그는 알아차리지 못했다. 바이크가 앞으로 나아가는 순간 그가 엄지손가락을 들어 보였다. 그러고 나서 마른 진흙 위로 바퀴들이 굴러가기 시작했고 그는 사라졌다.

시끄러운 바이크 소리가 뚝 잘라낸 것처럼 갑자기 사라졌다. 겨울의 고요함이 그녀를 에워쌌다. 산울타리 아래쪽에서 마른 잎사귀들이 이리저리 움직이며 바스락거렸다. 그리고 덤불 속에서 아까 본 개똥지빠귀가 폴짝폴짝 뛰어다녔다. 그녀는 출발해야 했다. 걸어서 마을로 돌아가야 했다. 해질녘에야 도착할 수 있을 것이다.

그러나 이저벨은 마을 방향으로 걸음을 돌리지 않았다. 대신에 반대 방향으로, 비행장 쪽으로 걸었다. 다시 한번 봐야 했다.

비행기 소리는 들리지 않았다. 지나가는 차도 없었다. 길은 좁고 풀이 무성했다. 그녀는 휘어진 길이 나올 때까지 눈을 내리깔고 쉬지 않고 걸었다. 눈을 들면 망가진 철조망과 거대한 비행장의 폐허가 보일 것을 알았다.

뒤에서 엔진소리가 들렸다. 이내 트럭이 나타났다. 짐칸에 캔버스 천을 덮은 트럭은 쌩하고 그녀 옆을 지나갔다. 너무 가까워서 그녀의 소매를 스칠 정도였다. 트럭 기사는 경적을 울리지도 않았다. 그녀는 깜짝 놀라 뒤로 물러났다. 그리고 두번째 트럭이 지나갈 때도, 세번째 트럭이 지나갈 때도 그렇게 했다. 그녀는 산울타리에 몸을 붙이고 수송대가 지나가길 기다렸다. 족히 열대는 지나간 것 같았다. 그녀는 기사들의 얼굴을 보았다. 그들은 지치고 무심한 표정으로 앞만 보며 달리고 있었다. 매연냄새가 그녀의 목구멍을 죄었다. 그녀는 떨고 있었다. 트럭들은 그녀가 아무것도 아니라는듯 연달아 지나갔다. 남자들은 한 번도 그녀를 흘낏거리지 않았다.

그러나 그녀는 여전히 철조망 쪽으로 나아가고 있었다. 누군가 내내 음소거되어 있던 라디오 음량을 높인 것처럼 갑자기 공기 중에 소리가 가득찼다. 그녀는 엔진소리를 들었다. 그리고 그 소리 너머로 목소리들이 들렸다.

초소 지붕은 멀쩡했다. 군복을 입은 사람들이 주위에 돌아다녔다. 문을 통과한 트럭들은 한 대씩 초소 옆에 멈췄다. 기사는 서류를 보여준 다음 다시 트럭을 출발시켰다.

그녀는 비행장을 둘러싼 철조망을 따라 시선을 옮겼다. 완벽했다. 비행장 건물들도 제대로였다. 급히 세워졌지만 임시 도시 같은 분위기는 시간이 지나면서 점차 사라졌다. 그녀는 막사의 야트막한 곡선과 벽돌로 지은 본부, 깨지지 않은 유리창 너머로 조그마한 사람들 형체가 보이는 관제탑을 꼼꼼히 둘러보았다. 저기 어딘가에 공습에 대비해 위장한 폭탄 창고도 있을 것이다. 찰리는 랭커스터가 얼마나 많은 폭탄을 실을 수 있는지는 물론이고 톨보이, 월리스 바운싱 밤, 쿠키즈, 그랜드 슬램 같은 폭탄 이름을 죄다 꿰고 있었다. 머리 위에서 폭격기들이 느릿느릿 하늘로 올라갈 때, 찰리는 그들이 어디로 가는지, 그리고 무엇을 싣고 있는지 알아맞히곤 했다. 마치 머리 위로 지나가고 있는 대원과 함께 작전 지시를 듣고 테이프로 루트를 표시한 지도를 직접 본 것 같았다.

멀리서 트랙터가 기다란 폭탄 운반대 행렬을 끌고 있었다. 그녀는 손바닥을 펼쳐 눈 위에 대고 맞은편에 있는 격납고를 뚫어져라 쳐다보았다. 눈부신 겨울 햇빛 사이로 랭커스터 그림자와 그 주위에 모여 있는 지상 근무원들이 보이는 것 같았다. 심각한 고장인가보네, 그녀는 생각했다. 그게 아니면 계류장에서 수리를 할 텐데.

이저벨은 눈을 감았다. 음파들이 그녀의 귓가를 때렸다. 벌떼 같은 소음은 생명력으로 가득했고 목적이 분명했다. 저기 어딘가에 알렉이 있었다. 그녀가 그의 냄새를 맡듯이 그도 이저벨의 냄새를 맡을 것이다. 그녀가 현실이라면 그도 현실이었다.

그녀와 찰리는 비행기들의 외형을 알았다. 비행기가 머리 위로 날아가면 그들은 서로 먼저 이름을 알아맞히려고 기를 썼다. 한 번, 딱 한 번, 환한 대낮에 융커스 88이 아주 낮게 날아온 적이 있었다. 어찌나 낮았는지 한 농부가 술집에서 이렇게 말했을 정도였다. "내가 그 얼굴을 똑똑히 보았어."

이제 그녀는 눈을 떴다. 그리고 비행장을 마주보았다. 그대로 있었다. 유령이 아니었다. 그것이 유령이라면 그녀도 유령이었다. 시간이 풍경을 말끔히 지워버리기엔 자국이 너무 깊었다. 식당에서 병영으로 자전거를 타고 가는 군인들은 건조한 날씨를 기뻐할 것이다. 그래도 눈길이 닿는 곳마다 진흙이 보였다. 그녀는 겨울이 깊어질수록 진흙이 어떻게 점점 깊어지고 바다가 되는지를 알았다. 그런 다음에는 꽁꽁 얼었다가 녹았다가 다시 얼기를 반복할 것이다. 진흙은 군화들과 바퀴들에 마구 시달리다가 봄을 맞을 것이다. 진흙은 군인들보다 오래 살아남을 것이다.

"알렉." 그녀는 나지막이 말했다. 하늘은 멀린 엔진 소리로 시끄러웠다. 그녀는 앞으로 걸어가 두 손으로 철조망을 꽉 잡았다. 그러나 아무도 돌아보거나 그녀를 보러 나와보지 않았다. 바람이 더 세게 불었다. 그녀와 가장 가까운 유도로 옆의 풍향계가 바람을 잔뜩 맞고 이저벨을 가리켰다. 그 풍향계만이 그녀가 여기 있는 걸 아는 것 같았다.

그녀는 바람에 몸을 숙였다. 몹시 추웠다. 이렇게 추웠던 적이 없는 것 같았다. 왜 알렉에게 춥지 않을 거라고 말했을까? 바람이 온몸 곳곳에 스며들었다. 뼛속까지 시렸지만 떠날 수 없었다. 그들을 보아야 했다. 지상 근무원 두 명이 비행장 둘레의 콘크리트 도로를 걸어가면서 그녀 옆을 지나갔다. 그중 한 사람은 바람을 거슬러 음정이 안 맞는 휘파람을 불었다. 다른 사람은 풋볼 경기에 대해 혼자서 신이 나서 떠들었다. 토막토막 끊어진 그의 말이 이저벨 옆에 자취를 남겼다. 콘크리트 도로를 걸어가는 그의 군화에는 진흙이 묻어 있었다.

그들은 사라졌다. 철조망은 녹아버렸고 이저벨은 허공을 잡고 있었다. 관제탑의 창문은 깨져 있고 벽돌담에는 외설스러운 단어들이 휘갈겨져 있었다. 그녀는 초소의 물결 모양 철제 지붕이 녹슨 것을 보았다. 사람들은 바람에 휩쓸려 날아간 것처럼 모두 사라졌다. 그러나 그들은 여전히 거기 있었다. 그녀는 알았다. 단지 이 순간에 그녀가 볼 수 없을 뿐이었다.

알렉이 그녀 옆에 있었다.

"당신을 기다리고 있었어." 그가 말했다.

"당신을 꼭 봐야 했어."

"나를 기다렸다고? 그럴 리가. 조금 전에 나를 두고 갔잖아."

"잘 들어. 오늘밤 작전을 나가. 네시에 작전 지시가 있었어. 또 대도시로 나갈 거라는 것 외에는 아무 정보도 없었어. 내 말 잘 들어, 이지. 작전수행 보고가 끝나면 곧장 당신에게 갈게. 바이크를 타고 가면 십오 분밖에 안 걸려. 창문을 두드릴게. 잠들지 않겠다고 약속해줘."

"절대로 안 잘 거야. 그런데 바이크 탈 때 조심해. 잠을 못 잘 테니⋯⋯ 몹시 피곤할 거야."

"그 시간에는 차가 없어."

"당신은 괜찮을 거야, 알렉."

"알아. 오늘밤까지 합쳐서 네 번만 더 나가면 돼. 4는 행운의 숫자잖아. 네잎클로버 알지? 게다가 당신 속옷이 있잖아. 우리 대원들을 보호해줄 거야."

그녀는 웃었다. 그는 그녀가 전쟁 전에 산 실크 속바지를 훔쳤다. 요즘에는 절대로 구할 수 없는 유의 것이라서 최상의 상태로 보관해두었던 것이었다. 그러나 제프에게 '최상' 같은 건 의미가 없었다. 그래서 알렉이 오기 전까지 그것은 서랍 뒤에 깊숙이 숨겨져 있었다. 제프는 화려한 속옷을 입는 여자는 창녀라고 생각했다.

알렉은 작전을 나갈 때마다 그 속바지를 가지고 갔다. 그는 그녀가 그걸 세탁하지 못하게 했다. 그녀는 몹시 놀란 척했지만, 그가 그녀의 모든 것을 원한다는 뜻이라는 걸 알고 있었다. 그녀는 남자와 여자가 이렇게 지낼 수 있다는 걸 예전에는 알지 못했다. 대원들은 알렉의 실크 장갑이 행운의 부적이라고 생각했다. 그는 그들이 믿고 싶은 대로 믿게 두었다. 정말 피곤해 보였어, 그녀는 생각했다. 피부가 푸석푸석하고 얼굴뼈가 날카롭게 도드라져 보였다. 열흘이 지나면 다시 휴가였다. 그러나 대원들은 휴가를 원하지 않았다. 그들이 지금 원하는 건 복무를 마치는 것뿐이었다. 집착에 가까울 만큼 그것만을 간절히 원했다. 전에 알렉은 경계를 풀고 두 사람에게 가능한 미래에 대해 이야기한 적이 있었다. 그는 복무를 마치면 적어도 육개월 동안 신원 조사를 받을 것이다. 그리고 그가 어디에 배치되느냐에 따라 요크나 링컨에서 만날 수 있을 것이다. 그들은 호텔방을 잡을 것이다. 분명히 방법이 있을 것이다. 그런 곳에는 휴가를 나온 남자를 만나러 온 아내들이 가득했다. 그들도 그들 중 한 쌍이 될 것이다.

그가 그런 얘기를 한 건 딱 한 번이었다. 미래에 대해 이야기하면 불행이 따랐다. 아니, 그렇지 않았다. 꼭 그런 건 아니었다. 그는 그녀에게 설명하려고 애썼다. 그는 지금 여기에 완전히 속해 있어야 했다. 조금이라도 다른 데 정신이 팔리면 안 되었다. 그의 머릿속에는 아주 많은 것들이 있었다. 그 모든 훈련, 그 모든 경험, 돌아오거나 돌아오지 못했던 수많은 밤들. 돌아왔을 경우에는 선명하고 강렬한 새로운 지식 조각을 가지고 돌아왔다. 그 조각들 전부가 맞아떨어져야 했다. 매 순간 기억하고 있어야 했다. 그것들 전부를 머릿속에 담고 있어야 했다. 그런 상태는 생각을 하는 것과 달랐다. 생각할 필요도 없이 그냥 모든 게 머릿속에 있는 거였다. 그렇게 되면 그의 머릿속에는 훈련 말고도 목숨을 부지할 수 있게 해주는 다른 생각을 할 여유가 생겼다. 무전장치에서 시드의 목소리가 "좌측 나선 강하 개시—"라고 외쳤을 때 간발의 차이로 더 빨리 대처할 수 있었던 것은 바로 그 여유 덕분이었다.

그녀는 그가 몹시 지쳐 보인다고 생각했다. 아니야, 알렉이 그녀에게 말했다. 그는 아직 끝나지 않았다. 아직은 아니었다.

"나를 그렇게 쉽게 없애진 못할 거야." 그가 말했다. 그러고 나서 얼굴을 찌푸린 채 말이 없었다. 그의 얼굴을 보니 하고 싶은 말이 더 있는 것 같았다.

"왜 그래?" 그녀가 물었다.

"로드 때문에." 그가 말했다. "상태가 별로 좋지 않아."

"무슨 일이야?"

그는 어깨를 으쓱했다. "아무 일도 아니야. 우라질 작전이 지연되는 바람에 다들 신경이 곤두서 있어."

그는 또다시 말이 없었다. 그는 때때로 어떤 표정을 보게 된다는 말을 한 적이 있었다. 그 표정을 보면 다들 입을 다물었다. 그냥 시선을 피하고 사물함에 옷을 집어넣거나 뭐든 하던 일을 계속했다. 죽을상. 그녀는 그게 무엇인지 물었다. 그는 달리 설명할 말이 없다고 했다. 그냥 죽을상이었다. 돌아오지 못할 대원은 그런 표정을 지었다. 그들은 몰랐지만 그들 안의 무언가는 알았다. 그리고 그 표정을 흘깃 보기만 해도 불운이 따랐다.

"죽을상." 그녀는 그의 말을 따라했다. 그리고 역겨운 것을 맛본 사람처럼 얼굴을 찡그렸다.

"바로 그거야. 하지만 우리 대원들 얼굴에서는 절대로 그걸 못 볼 거야."

알렉은 다시는 그 말을 꺼내지 않았다. 지금 그는 누군가에게 반박하듯이 말하고 있었다. "그래도 제기랄, 로드는 훌륭한 무전병이야." 그녀는 두 팔로 그를 안고 그의 가슴에 기댔다. 두 사람 사이에 빈 공간이 없었기 때문에 바람은 그들을 비켜서 지나가야 했다.

"여기 있으면 안 돼. 집에 가야 해, 이지." 그가 그녀의 귀에 대고 말했다. 그러나 그는 그녀가 떠나기를 원치 않았다.

"당신이야말로 여기 있으면 안 돼." 그녀가 대답했다. "당신이 어떻게 비행장에서 나왔는지 모르겠어."

처음으로 그녀는 그의 안에 있는 어떤 것의 윤곽을 느꼈다. 마치 콘도르* 그림자 같은 것이 그들 사이에서 튀어오르는 듯했다. 그것이 거대하게 왜곡된 모습으로 펄럭거리며 날아올랐다. 그는 그것을 접어서 다시 자신 안에 집어넣고 꾹꾹 눌렀다. 아니야, 그녀는 생각했다. 왜곡이 아니야. 현실이야.

---

* 아메리카에 서식하는 거대 포식성 맹금류. '탐욕스러운 약탈자'를 상징한다.

어머니가 오래전에 해준 말이 떠올랐다. 이저벨이 힘든 하루를 보내고 눈물범벅이 되어 속수무책으로 울고 있을 때, 어머니가 그녀를 위로해주려 침대에 걸터앉았다. 어머니가 말했다. "울지 마, 아가. 아침이 되면 모든 게 달라져 있을 거야." 그녀는 어머니의 그 말은 기억했지만 그다음에 어떤 일이 있었는지는 기억나지 않았다. 울음을 그쳤던가? 아니, 어쩌면 그런 일 자체가 전혀 일어나지 않았을지도 모른다. 어머니가 너무 오래전에 그녀를 떠난 탓에 이저벨은 어디까지가 진짜 기억이고 어디서부터 꾸며낸 것인지 확실히 알 수 없었다.

아침이 되면 모든 게 달라져 있을 거야. 그에게 그보다 더 나쁜 말은 없을 것이다. 그는 아침이 되기 전에 무슨 일이 일어날지 알았다. 그녀는 그를 꼭 안았다. 그녀 또한 무슨 일이 일어날지 알았지만 알렉에게 그걸 적용할 수는 없었다. 그는 완전히 여기 속해 있었고 완전히 그 자신이었다. 학교에서 출석을 부를 때 학생들이 대답하는 말present처럼 현존하고 있었다. 이렇게 완전하게 현존하는 사람이 어떻게 몇 시간 후에 생명을 잃을 수 있단 말인가? 그러나 그보다 더 쉬운 일도 없었다. 그는 알고 있었다. 그리고 그 때문에 그녀도 알게 되었다.

야간 전투기들은 폭탄을 싣고 내륙을 향해 비행하는 랭커스터의 배를 공격하기 위해 아래쪽에서 치고 들어올 것이다. 그럴 때는 기체를 좌우로 흔들어주어야 후방 포탑의 무전병이 적군의 전투기를 발견할 수 있었다. 지난주 적군의 전투기들은 네덜란드 해안 상공의 얇은 구름 덮개 아래 숨어 랭커스터가 몰려오기를 기다리고 있었다. 전투기들은 60미터 아래에서 랭커스터의 왼쪽을 공격했다. 둥그런 빛덩어리가 그에게 다가왔다. 잇따른 폭발에 기체가 요동쳤다. 비행기도, 대원들도, 낙하산도, 아무것도 없었다. 이미 기체는 빙글빙글 돌며 하강하고 있었다. 무전장치에서 시드의 목소리, 몹시 짜증스러운 목소리가 들렸다. "젠장, 앞이 안 보여." 기체에서 금속이 덜그럭거리는 소리가 났다. 대공포인지 랭커스터의 부서진 조각인지 알 수 없었다. 그는 다시 고도를 높였다가 다시 하강했다. 그리고 수평 비행 상태가 되자 아무 일도 없었다는 듯 정상으로 돌아온 시드의 목소리가 들렸다. "계속 흔들어요, 기장."

금속 파편 하나가 퍼스펙스*를 박살냈다. 시드의 머리에 길게 베인 상처가 나고 그의 눈에 피가 가득 고였다. 그는 삼십 초가 지나서야 피를 닦아내야 한다는 걸 깨달았다. 나중에 레이니가 붕대를 가지고 기어왔다. 대원들은 며칠 내내 시드를 놀렸다. 젠장, 앞이 안 보여.

---

* 투명한 아크릴 수지. 주로 비행기 창 소재로 쓰인다.

그는 그녀에게 이런 이야기들을 했고 그녀는 머릿속에 잘 담아두었다. 그녀는 들판 너머에서 엔진 돌아가는 소리가 들려오면 귀를 기울였다. 그들이 유도로를 지나 이륙하는 소리를 들었다. 그러나 그녀는 이륙과 착륙 사이에 시간을 비워두었다. 가능하면 농장 주택을 떠나 마을로 가서 알렉을 기다렸다.

"세입자들을 챙기지 않으면 그들이 방을 뺄지도 몰라." 그녀가 제프에게 말했다. 그는 토를 달지 않았다. 세입자들이 내는 방세는 쏠쏠한 수입이었다. 그녀는 그 핑계로 윌리엄을 돌봐줄 유모도 고용했다.

그녀의 머릿속에 다른 사람의 기억이 꽉 들어찼다가 점점 사라졌다. 그녀는 다시 이저벨이었다. 알렉은 이저벨을 품에서 떼어내고 그녀의 얼굴을 들여다보았다. 그녀는 그가 무엇을 보았을지 궁금했다.

"창문을 두드릴게. 내가 오는지 잘 듣고 있어. 당신이 시드의 재킷을 입었던 날 기억해?" 그는 그날이 오래전 일인 것처럼 물었다.

"물론 기억하지."

"이번 작전이 끝나자마자 해변에 가자." 그가 말했다. "당신이랑 나랑 둘이서 그 낡은 바이크를 타고. 우리가 갈 수 있을 만한 곳을 알아."

"나도 가고 싶어." 그녀는 말했다. 시간이 빙 돌아서 다시 제자리로 돌아왔다. 그들이 막사에 함께 있었던 후로 시간이 얼마나 흘렀을까? 그녀는 시간이 전혀 흐른 것 같지 않았다. 그는 그녀와 함께 있었다가 사라졌다가 다시 그녀에게 왔다. 그러나 그에게는 그 일이 두 사람이 공유한 역사의 일부였다.

그런 건 중요하지 않았다. 그가 원하는 만큼 오래전 일이 되어도 상관없었다. 알렉과 다른 방식으로 이해하려고 애쓰는 건 시간을 낭비하는 짓이었다. 그래봤자 달라지는 건 없었다. 그는 여기 있고 곧 사라질 것이다. 그의 얼굴에서 그 표정이 사라진다면 일 분이 일 년으로 늘어날 수도 있었다.

"생각해봐, 이지. 막사 안에서처럼 항상 그런 식이라면 어떨까. 그때 우리 둘 다 시계가 없었잖아. 시간이란 게 아예 없는 것 같았어."

"하지만 시간이 아예 없다면 나는 절대로 당신을 볼 수 없을 거야."

그는 그녀가 모르는 걸 알고 있다는 듯 미소를 지으며 고개를 저었다. "시간이 아예 없다면 당신은 항상 나를 볼 수 있을 거야." 그가 말했다. "당신은 아직도 이해하지 못하는군, 그렇지? 나는 항상 당신에게 갈 거야." 그는 또다시 품에서 그녀를 부드럽게 떼어냈다. "당신은 가야 해. 아니면 작전지시실에 있어야 할 시간에 연인과 노닥거리는 모습을 들킬 거야. 그러면 나를 아주 안 좋게 생각하겠지. 자네, LMF가 심각하군. 이렇게 말할걸."

그의 눈꺼풀 가장자리가 불그스름했다. "LMF라고?" 그녀가 물었다.

"도덕성 결핍이라는 뜻이야, 자기. 그걸로 걸리면 아주 멀고 외진 곳에 있는 화장실을 청소하러 가야 돼. 위에서는 우리가 LMF에 대해 확실히 알기를 원해." 그는 또다시 그녀를 밀어냈다. 이번에는 거의 화가 난 것 같았다.

"그럴 필요 없어." 그녀는 그의 눈을 계속 들여다보며 말했다. "나야, 기억나?"

그는 한숨을 쉬었다. 그리고 그녀를 다시 끌어안았다. "알지. 미안해, 자기. 아침에 봐." 목소리에는 확신이 있었지만 그의 눈은 그녀를 지나쳐 겨울 오후 어스름을 멍하니 바라보고 있었다. "이제 너무 일찍 어두워지네." 그가 말했다.

"그러게." 그녀가 말했다. 그녀는 몸을 기울여 재빨리 그의 귓가에 키스했다. 너무 깊게 맛보면 그를 다시 원하게 되고 가지 못하게 잡을까봐 두려웠다.

그들 주위에는 버려진 비행장이 펼쳐져 있었다. "봐, 알렉." 그녀가 말했다. 그가 두려워하는 모든 것이 더이상 존재하지 않는다는 사실을 그녀는 얼마나 보여주고 싶었던가. 더이상 출격해야 할 작전은 없었다. 더이상 조종해야 할 랭커스터도 없었다. 계류장은 텅 비어 있었다. 콘크리트 활주로와 유도로는 망가졌고 잡초가 무성했다. 모두 끝났다.

그는 보고 있었다. 그러나 그녀는 그가 무엇을 보는지 알 수 없었다.

"봐." 그녀가 고집스럽게 말했다. 그러나 대신에 그는 그녀를 세게 꽉 끌어안았다. 그녀는 자신이 녹아버리고 머릿속 풍경이 달라지는 것을 느꼈다. 다시 잿빛 농장 주택, 그녀의 집, 초록색 문이 보였다. 어딘가에서 아기가 끊임없이 울고 있었다. 내 아기. 이저벨은 그에게 안겨 있던 몸을 홱 떼어냈다. "봐!" 그녀는 한쪽 팔을 크게 휘두르면서 그에게 말했다.

"있잖아, 이지. 당신이 초소를 통과하게 해줄게." 대신에 그는 이렇게 대답했다. 이제 그들은 팔짱을 끼고 활짝 열린 정문을 향해 걷고 있었다. 지나간 여름 무성했던 잔디가 갈색으로 변해 있었다. 그는 그녀를 앞세운 채 폐허를 가로질러 걸어갔다.

"초소엔 아무도 없어." 그녀가 말했다.

"저 친구들이 나한테 빚진 게 있거든." 그는 대답했다.

그들은 계속해서 비행장 안으로 걸어갔다. 알렉의 걸음은 가벼웠다.

"우리는 식당으로 갈 거야." 그가 말했다.

그는 불가능한 일인 줄 알고 있었다. 그녀가 초소를 통과하고 식당에 들어갈 수 없다는 걸 그녀만큼이나 잘 알았다. 군인의 아내들조차도 비행장에서 차로 한 시간 떨어진 거리에 살아야 했다. 그도 알고 있었다. 그래서 그녀는 이번에야말로 그도 불가능한 일을 가능하게 하는 폐허를 보게 될 거라고 생각했다. 그를 막을 사람이 아무도 없다는 걸 분명 깨닫게 될 터였다.

그들은 경첩이 떨어진 문을 옆으로 밀면서 식당으로 들어갔다. 그들보다 먼저 다녀간 사람들이 있었다. 사람들이 리놀륨 바닥재를 잘라 가져갔다. 탁자들도 없었다.

바는 여전히 있었다. 알렉은 바에 기대더니 주머니에서 동전을 한 줌 꺼냈다. 그녀는 그가 카운터를 두드리며 술을 주문하는 사이 주위를 두리번거렸다.

"밴드가 나쁘지 않네." 그가 말했다. "우리 춤추자. 한잔 마시고 나서 출까?"

그녀는 바닥에 굴러다니는 낙엽들을 바라보았다. 창문은 모두 깨져 있었고 바깥만큼이나 추웠다. 퀴퀴한 흙냄새도 났다. 알렉은 손에 술잔이 없다는 사실이 전혀 이상하지 않은 듯 차분하게 그녀 옆에 서 있었다. 얼마 후 그가 말했다. "우리 춤출까?"

두 사람은 이저벨이 들을 수 없는 음악에 맞춰 한동안 빙글빙글 돌며 춤을 추었다. 그가 이끄는 대로 따라가는 것은 쉬웠다. 그는 춤추는 다른 사람들을 피해 노련하게 그녀를 이끌었다. 잠시 후 그는 그녀를 잡고 있던 손을 놓았다. 그러고는 주위를 두리번거렸다. 그의 얼굴에 비통한 혼란스러움이 얼기설기 번져갔다. 이번에는 그녀도 그가 무엇을 보았는지 차마 물을 수 없었다. 그가 자신을 추스르느라 애쓰는 동안 그녀는 눈을 내리깔고 있었다.

"미안해, 자기." 마침내 그가 말했다. "얼른 가야겠어. 집에 갈 수 있겠어?"

"그럼." 그녀는 말했다.

9

이저벨은 케이크 한 조각을 잘라 필립의 접시에 올려주었다.

“당신 바빴나봐.” 그가 말했다.

“응.” 그녀는 두 사람의 잔에 차를 더 따르고 자리에 앉았다. 그녀는 몹시 피곤했다. 하품을 하면서 기지개를 켜고 어깨를 요란하게 비틀었다. 그러자 몸서리가 나면서 온몸에 피로감이 스르르 번졌다.

“오늘은 일찍 자도록 해.” 필립이 말했다. 그는 이런 식으로 그녀에게 하는 말이 점점 짧아지고 있었다. 진료소에 오면 말이 많아지는 환자들을 상대하기 때문일 거라고 그녀는 생각했다. 그 외로운 농장에 갇혀 살면서 얼마나 이야기를 나누고 싶었을까…… 그녀는 다시 몸서리를 쳤다. 그녀의 눈이 촉촉해졌다.

"차를 새로 끓일게." 그녀가 자리에서 일어나며 말했다. 그러나 부엌으로 가면서 어깨 너머로 필립을 훔쳐보았다. 그는 케이크 조각 위로 몸을 숙이고 깊은 생각에 잠긴 채 케이크를 헐어내고 있었다. 그의 검은 속눈썹이 깜박거리는 게 보였다. "이런 속눈썹을 가진 남자는 또 없을 거야." 그녀는 두번째 데이트에서 그에게 말했다. 아니, 세번째였던가…… 그는 놀랐다. 그리고 칭찬인지 아닌지 모르겠다는 듯이 어색하게 웃었다. 그녀도 어색했다. 그 주제는 그렇게 넘어갔다. 남자의 면전에서 잘생겼다는 말을 하면 안 된다는 것을 그녀는 그때 알았다. 또다른 어색한 순간들이 몇 번 있고 나서 이저벨은 필립이 좋아하는 말과 싫어하는 말을 알게 되었다. 그녀는 너무 충동적이었다. 필립은 그녀가 차분할 때의 모습을 좋아했다.

지금 뒤돌아서 그에게 이렇게 말한다면 어떨까? "차 가져왔어. 그리고 오늘 오후에 들판 한가운데 있는 막사에서 다른 남자와 같이 있었어."

"이저벨은 상상력이 아주 풍부합니다." 한번은 학교에서 보낸 통지표에 그렇게 적혀 있었다. "이 아이는 사실과 허구를 구별하는 데 주의해야 합니다." 진 고모는 그것을 보고 얼굴을 찌푸렸다. 고모는 아무 말도 하지 않았지만 이저벨은 자신이 거짓말쟁이로 낙인찍혔다는 것을 알았다. 부당한 통지표에 대한 억울함은 몇 년 동안이나 머릿속에서 사라지지 않았다.

“당신한테 줄 게 있어.” 필립이 부엌 쪽을 향해 외쳤다.

“뭔데?”

“하던 거 잠시 멈추고 이리 와서 봐봐.”

그는 그녀를 데리고 건물 현관문 밖으로 나가 계단을 내려갔다. 그리고 차를 세워둔 곳으로 걸어갔다. 거리는 춥고 어두웠다. 그러나 그가 트렁크를 열었을 때 그 안을 채운 꾸러미를 보기에는 가로등 불빛이 충분히 밝았다. 꾸러미는 갈색 종이에 포장되어 끈으로 묶여 있었다. 필립이 꾸러미를 꺼냈다. “여기 있어.” 그가 말했다. 그리고 그녀의 두 팔에 꾸러미를 안겨주었다. 그것은 폭신하고 가벼웠다. 그녀는 고맙다는 뜻으로 미소를 지으며 그 큰 꾸러미 너머로 필립을 바라보았다. 그런데 그때 그의 뒤로 집주인이 보였다. 앳킨슨 부인이 한 손으로 난간을 짚고 맨 아래 계단에 한쪽 발을 올려놓은 채 서 있었다. 그녀는 이저벨과 필립을 뚫어져라 바라보고 있었다.

이저벨은 끈을 풀어 꾸러미를 열어보려다가 필립에게 말했다. “집으로 들어가자.” 그녀는 목소리를 높였다. 아마 집주인은 그녀의 말을 들었을 것이다. 아니나 다를까, 앳킨슨 부인은 재빨리 계단을 올라가더니 안으로 사라졌다. 필립은 전혀 알아차리지 못했다.

"그래." 그가 약간 실망한 듯이 말했다. 그는 그녀가 신이 나서 선물을 풀어보는 모습을 좋아했다.

이저벨은 건물 안으로 들어와 층계 위를 흘낏 보았다. 그러나 아무도 없었다. 평소처럼 광택제와 제이즈 플루이드 소독약, 오래된 음식 냄새가 섞인 퀴퀴한 냄새가 날 뿐이었다. 평소와 다름없어 보였지만 그녀는 그렇지 않다는 걸 알았다. 이 집은 전에도 그녀를 속였고 또다시 속이려 하고 있었다. 그녀는 누군가 혹은 무언가가 숨을 참고 있는 것을 느꼈다. 그 누군가 혹은 무언가는 굶주려 있었다. 그 굶주림은 이저벨을 꽉 붙잡아 끌어당기고 싶어했다.

"문을 잠가, 필립." 그들이 집안으로 다시 들어왔을 때 그녀가 말했다. "열쇠가 꽂혀 있어."

그러나 집주인도 열쇠가 있었다. 필립에게 문 안쪽에 빗장을 달아달라고 하면 어떨까? 이저벨은 꾸러미를 가지고 난롯가에 무릎을 꿇고 앉았다. 그러고는 조심스럽게 끈을 풀고 포장 종이를 펼쳤다. 필립은 크리스마스트리 아래에서 선물을 풀어보는 어린애를 구경하듯 옆에서 그녀를 내려다보고 있었다. 포장 종이 안에서 매끄럽고 푹신푹신한 덩어리가 튀어나왔다. 장미넝쿨 무늬가 그려진 깃털이불이었다.

"이걸 덮으면 당신이 따뜻해할 것 같았어." 그가 말했다.

깃털이불이 저절로 펼쳐지며 부풀어올랐다. "어디서 구했어?"

"요크까지 갔지." 그가 자랑스럽게 말했다.

"오늘 요크에 갔었어?"

"응. 미안하지만 어쩔 수 없이 거짓말을 해야 했어, 이즈. 환자를 보러 갈 거라고 했었잖아."

"아…… 혼자 갔어?"

"이상한 질문이군. 물론 혼자 갔지. 누구랑 깃털이불을 사러 가겠어?"

"당신한테 비밀이 있는 것 같아서."

"근사한 비밀이면 좋겠네. 저걸 꼭 사야 했어. 이제 춥지 않을 거야."

"그러게." 그녀는 깃털이불을 조심스럽게 접어들고 침실로 가져갔다. 침대 위에 이불을 펼치자 그것은 걷잡을 수 없이 부풀어 올랐다. 장미는 그녀가 본 어떤 장미보다도 크고 붉었다. 깃털이불이 침대 위를 온통 차지했다.

"아주 아늑해 보이네." 필립이 문가에서 말했다.

"응, 그러네. 당신은 정말 섬세한 사람이야, 필. 고마워."

그것은 흉물스러웠다. 어쩌면 그녀가 침대에서 담배를 피우다가 이불에 불이 붙을지도 몰랐다.

"아침에 출근할 때 나는 당신을 장미꽃 침대에 두고 가는 거야." 그가 다소 감상적으로 말했다. 필립은 절대 그런 식으로 말하는 법이 없었다. 대체 왜 저러는 거야? 이저벨은 부산을 떨며 이불을 정돈하고 반듯하게 매만졌다. 그러나 소용없었다. 그녀는 환심을 사려는 듯 간사하고 매끄러운 깃털이불의 감촉이 싫었다. 그녀는 일어나서 말했다. "오늘밤 라디오에서 괜찮은 드라마를 해. 같이 듣자."

"뭐 눈치챈 거 없어?" 그가 물었다.

"뭔데?"

"주인 여자가 조용해졌어. 이층 말이야." 그는 천장 쪽으로 머리를 홱 움직이면서 장난스럽게 말했다.

"하지만 당신은 소리를 못 들었다고 했잖아."

"한두 번은 들었지. 그걸 못 들을 사람은 없을 거야. 그런데 며칠 동안은 찍 소리도 없었어. 밤에 말이야."

"난 몰랐어." 이저벨이 말했다.

"우린 곧 여기서 나갈 거야." 그는 약속을 하려는 듯 서둘러 말했다.

"알아."

"그럼 우리 둘만 있게 돼. 방해할 사람은 아무도 없을 거야."

그녀가 그를 날카롭게 바라보았다. 그러나 그의 얼굴에는 의심의 흔적이 전혀 없었다. 그의 말은 단지 그들만의 집이 생기면 집주인을 상대할 일은 없을 거라는 뜻이었다.

집 전체가 그녀를 짓누르는 것 같았다. 그녀는 다시 겁이 났다. 알렉의 말들이 머릿속에서 메아리쳤다. 그러나 지금 그 말들은 약속 이상이었다. 창문을 두드릴게. 잠들지 않겠다고 약속해 줘. 그녀는 자신을 바라보는 그의 눈을 보았다. 그녀의 마음이 기억 속 그의 표정을 꽉 붙들었다. 그는 어둡고 바람 부는 바깥에서 따뜻하고 환한 세계를 들여다보고 있었다. 그녀는 무슨 일이 있어도 알렉이 자신을 보러 올 것이고 자신은 또다시 다른 삶으로 미끄러져들어갈 거라는 것을 알았다. 그녀의 것이 아닌 기억들로 머릿속이 뿌옇게 흐려지고 다른 곳에서 배운 리듬에 맞춰 몸이 움직일 거라는 것도 알았다. 세상 무엇도 그가 오지 못하게 막을 수 없었다. 또한 일단 그가 오면 그녀 자신이 다른 여자가 되지 않을 도리가 없었다. 그를 멈춰 세울 만큼 강한 사람은 아무도 없었다.

필립에게 말하면 그는 그녀가 미쳤다고 생각할 것이다. 그러면 위험해질 것이다. 필립이 그녀에게 치료가 필요하다고 결정하면 의사로서의 전문성을 먼저 내세울 것이다. 그녀는 그의 얼굴이 어떻게 달라질지 상상할 수 있었다. 그는 그녀를 더이상 이저벨, 그의 아내, 자신이 사랑하는 사람으로 보지 않을 것이다. 자신과 상관없는 사람에 대한 동정과 근심으로 가득찬 의사의 표정을 지을 것이다.

그는 그녀를 가둘 수도 있었다. 그녀는 그게 무엇을 의미하는지 알았다. 그녀와 찰리는 벌리병원 환자들에게 외출이 허락되는 드문 경우를 목격한 적이 있었다. 그녀의 고모와 나이가 비슷한 여자들이 발목양말에 투박한 샌들을 신고 벨트가 없는 펑퍼짐한 날염 면 원피스를 입고 있었다. 그들은 덩치 큰 기형아처럼 보였다. 고모가 말했다. "예전에는 저 사람들을 절대 내보내지 않았어. 어쩌면 그게 더 친절한 대우였을지도 몰라."

최악의 경우에는 이저벨이 창녀처럼 행동했고 지금은 미친 여자인 척해서 넘어가려 한다고 생각할지도 모른다.

그는 한번 마음이 닫혀버리면 다시는 그녀를 믿지 않을 것이다. 이저벨은 용서의 문제가 아니라는 걸 이해할 만큼 그를 잘 알았다. 그는 그녀를 보는 것 자체를 견디지 못할 터였다.

"그래." 그녀가 소리 내어 말했다. "우리 둘만 있게 될 거야."

깃털이불 속은 너무 더웠다. 젖혀버리고 싶었지만 차마 그럴 수 없었다. 밤은 계속 흘러갔다. 바람이 불어 침실 창문에 빗방울이 튀었다. 집은 거센 바람에 시달리며 삐걱거리는 소리를 냈다. 그러나 필립은 꿈쩍도 하지 않았다. 이층 또한 고요했다. 군복 외투는 필립 옆에 있는 의자에 개켜져 있었다. 그녀는 필립의 깃털이불 속에서 안전했다. 그러나 그녀는 팔다리를 찔러대는 욕망과 싸우느라 애쓰며 뻣뻣하게 누워 있었다. 그녀는 침대 밖으로 기어나가 군복 외투를 집어들고 살아 있는 무언가에게 하듯 두 팔에 안고 어르고 싶었다. 그러고 나서 침대에 펼쳐놓고 기다리고 또 기다리고……

"그러지 않을 거야." 그녀는 나지막이 속삭였다. "그러지 않을 거야. 그러지 않을 거야."

아무 대답도 없었다. 방은 전혀 관심이 없었다.

아침이 되자 그녀는 머리가 아팠다. 필립은 차와 아스피린을 가져다주고 잠시 그녀가 누운 자리 옆에 앉아 머리를 쓰다듬어 주었다. 어서 나가 일하고 싶은 마음과 남편으로서 옆에 있어줘야 한다는 마음이 동시에 빤히 보여서 이저벨의 입가에 슬며시 미소가 떠올랐다.

"뭐가 그렇게 재미있어?"

"당신이. 어서 가. 오늘은 어디로 가? 또 몰래 갈 데가 있어?"

"정오까지 진료를 보고 나서 간단히 식사를 하고 오후 내내 산부인과에 있을 거야."

"그럼 늦게 오진 않을 거지?"

"저녁 진료가 있잖아, 기억 안 나?"

"아, 응, 물론 기억나. 필……"

"왜?"

"아마 안 되겠지만, 조금만 더 있어줄 수 없어? 한 시간쯤? 나 기분이 너무 안 좋아."

그의 얼굴에 짜증이 스쳤다. 그러나 곧 걱정이 짜증을 눌렀다. "안 되는 거 알잖아. 기다리는 환자들이 엄청 많아. 그리고 잉골드비 박사님이……"

"괜찮아." 그녀는 물어보지 말걸 그랬다고 생각하며 재빨리 말했다. 이제 그녀가 원하는 건 그가 가버리는 것뿐이었다. 그가 거기 앉아서 같이 있어줄 수 없는 이유를 늘어놓는 것을 참을 수 없었다.

"아스피린이 듣기 시작하면 좀 나아질 거야. 오늘은 종일 누워 있는 게 어때? 오전중에 전화해서 괜찮아졌는지 확인할게."

"그러지 마. 잠을 잘 수도 있잖아."

그는 고개를 끄덕이고 일어났다. 그는 행복하지 않았다. "당신이 정말 아프면, 이저벨……"

"아니. 그냥 두통일 뿐이야. 어서 가."

그녀는 건물 현관문이 닫히고 그의 차가 출발하는 소리를 들었다. 그렇게 엔진소리가 잦아들 때까지 듣고 있다가 일어나 앉았다. 깃털이불을 덮고 있으니 숨이 막혔다. 그녀는 그 덩어리를 필립의 자리 쪽으로 밀쳤다. 그러나 너무 세게 밀쳐서 깃털이불이 바닥에 떨어지고 말았다.

그녀는 필립이 부엌 난로의 재를 치우고 코크스를 삽으로 푸는 소리를 들었다. 하지만 그가 불을 피울 시간은 없었던 듯했다. 집안은 추웠다. 그녀는 덜덜 떨면서 몸을 꽉 끌어안았다. 그녀는 무엇을 해야 할지 알았다. 그러나 스스로를 속이면서 그 순간을 미루고 있었다.

이저벨은 침대에서 일어나 리놀륨 바닥을 걸어 의자가 있는 곳으로 갔다. 그녀는 군복 외투를 들고 끌어안고서 냄새를 들이마셨다. 그 모직물에 입술을 대고 꾹 눌렀다. 그러고 나서 다시 침대로 올라가 외투를 펼쳐서 덮었다. 지금은 대낮이야, 그녀는 속으로 말했다. 지금은 그가 오지 않을 거야. 그녀는 한숨을 쉬고 옆으로 돌아누웠다. 그리고 팔짱을 끼고 무릎을 위로 끌어당겼다. 이제야 안전한 느낌이 들면서 그녀 안으로, 몸속 깊은 곳으로 온기가 스며들었다. 그녀는 꿈도 꾸지 않고 깊은 잠에 빠져들었다.

창을 두드리는 소리는 없었다. 그녀는 옆에서 자신의 몸을 누르는 무게를 느끼고 잠에서 깼다. 아까 필립이 있었던 자리에 알렉이 앉아 있었다.

“신경쓰지 마.” 그가 말했다. “문이 열려 있어서 들어왔어. 당신을 무섭게 할 생각은 없었어.”

“무섭지 않아.” 그녀는 말했다.

“여기 꼭 와야 했어. 시간이 별로 없어.” 그가 설명했다. “어젯밤 작전 지시 후에 작전이 취소되었어. 다들 풀이 죽어 있었어. 아침에 그런 원치 않는 휴가를 받았으니 당연하지. 하지만 여섯 시에…… 오늘밤에는 확실히 나갈 거야. 공중에서 테스트도 했고……”

“왜 취소된 거야?”

“빌어먹을 기상청 인간들이 또 멍청한 수작을 부린 거지. 나갔어야 했어. 이렇게 빈둥거리는 건 아무 소용이 없어.” 그는 화가 나서 말을 줄줄 쏟아냈다. 잠을 자지 못한 것 같았다. 눈 아래에 어둡게 그늘이 져 있고 오른쪽 광대뼈 위가 또다시 씰룩거렸다.

“왜 오지 않는지 궁금했어.” 그녀는 말했다.

“나는 지금 여기 있으면 안 돼.” 그는 말했다. “밖에 바이크가 있어. 그걸 타고 바로 가는 게 좋겠어.”

“기다려, 바래다줄게.”

그녀는 가운을 입고 끈을 단단히 묶었다. 그리고 머리를 매만졌다. 그만하면 복도에 나가도 될 차림새였다. “건물 현관문까지만 갈게.” 그녀는 말했다.

"밖으로는 나오지 않는 게 좋겠어." 그도 동의했다. "여기는 벽에도 눈이 있지."

"귀가 있다는 말이겠지."

"그런가?" 그는 정신이 다른 곳에 있는 사람처럼 그녀를 빤히 쳐다보았다. 그는 여기 있지 않았다. 그녀는 이해했다. 그는 그의 비행기와 지금 거기에 폭탄을 싣고 장비를 챙기고 점검하고 또 점검하고 있을 지상 근무원들을 생각하고 있었다. 그는 그곳에 있는 게 틀림없었다.

"여긴 왜 왔어?" 그녀가 그에게 물었다. 그는 대답 대신 한 손가락으로 그녀의 뺨을 쓸어내렸다.

"아, 나도 모르겠어." 그는 말했다. 그러고 나서 파란 눈이 어두워지더니 그녀의 눈을 들여다보았다. "당신을 꼭 봐야 했어."

그녀가 고개를 끄덕였다. 그녀는 그에게 손을 내밀지 않을 것이다. 필립과 함께 자석을 가지고 밀어내기 게임을 했던 일을 떠올렸다. 그런 식이었다. 그의 주위에는 그녀가 건널 수 없는 들판이 있었다.

"그냥 당신이 보고 싶다는 생각이 들었어." 그는 다시 입을 열었다. "하지만 돌아가야 해."

"알아." 그녀는 셋집 문을 열고 복도로 나가 위층을 살펴보았다. 아무 움직임도 느껴지지 않았다. 그는 이미 건물 현관문 앞에

서서 손잡이를 당기고 있었다. 그러나 문이 꿈쩍도 하지 않았다.

"왜 그래? 잠금장치가 안 풀려?"

예일 잠금장치는 잘 움직였다. 그러나 문은 여전히 열리지 않았다. 그가 고개를 들었다. "그게, 이 위에 골치 아픈 빗장이 걸려 있네."

빗장이 걸려 있어서 문이 열리지 않은 것이었다. 그러나 알렉은 건물 안으로 들어왔다. 그는 창문을 두드리지도 초인종을 울리지도 않았다. 그가 빗장을 잡아당겼지만 역시 꿈쩍도 하지 않았다. 갑자기 그는 욕을 하더니 손을 홱 치웠다. 그가 자기 손을 당겨 안을 때 그녀는 피를 보았다. 타일 바닥에 커다란 핏방울 하나가 떨어졌다. 그리고 하나 더. 빗장은 열리지 않았다.

"내가 해볼게." 그녀가 팔을 뻗으며 말했다.

"다칠 거야." 그가 말했다. 그리고 그녀를 옆으로 밀어냈다. 그는 다시 거칠게 빗장을 잡아당겼다. 그녀는 그래봤자 점점 더 꽉 낄 뿐이라고 생각했다. 그녀는 직접 해보고 싶어 조바심이 났지만 그의 상태를 보니 엄두가 안 났다. 핏방울이 점점 더 많이 떨어졌다. 그녀는 가운 주머니에서 손수건을 꺼냈다. "이걸로 묶어줄게. 그 빗장은 녹이 슬었어. 상처에 녹이 묻으면 안……"

"제발, 이지!"

그는 소리를 지르다시피 했다. "알렉!" 그녀가 말했다. "그러지 마!" 그러나 너무 늦었다. 위층에서 덜그럭거리며 빗장을 푸는 소리가 들렸다. 그러고 나서 윗집 문이 열렸다. 이저벨은 차마 뒤를 돌아볼 수 없었다. 집주인이 내려온다면 그녀는 이저벨이 가운을 입고 낯선 남자와 서 있는 모습을 보게 될 것이다. 그러나 알렉은 이저벨을 지나쳐 층계참을 올려다보았다. 그녀는 그가 숨을 들이마시는 소리를 들었다. 그의 얼굴이 얼어붙었다.

이저벨도 고개를 들었다. 머리를 틀어올리고 기다란 회색 앞치마를 입은 집주인이 거기 있었다. 그녀는 어둠 속에서 새하얀 얼굴로 꼼짝 않고 서서 알렉을 빤히 보고 있었다. 그녀는 무슨 혐오스러운 물건, 혹은 생명체를 보는 것처럼 그를 위아래로 훑어보았다. 이저벨에게는 눈길도 주지 않았다. 집주인은 신중하게 천천히 걸어가 층계참 난간을 붙잡았다. 알렉도 앞으로 걸어가 그녀 아래 섰다. 그녀가 앞으로 몸을 기울였다. 그녀의 몸이 아래로 떨어질 것처럼 기울어졌다. 그러고 나서 그녀가 말했다. 오직 알렉에게만 하는 말이었다.

"당신은 오지 않았어." 그녀는 말했다. "오겠다고 해놓고 오지 않았어."

이저벨은 알렉이 그녀에게 올라가려는 듯 앞으로 걸어가기 시작하는 것을 보았다. 그러나 집주인은 한 손을 내밀어 그를 막았다. 알렉이 그녀를 뚫어지게 쳐다보았다. "당신은 거기 없었어."

그가 말했다. 그러고 나서 그녀를 보지 않으려고 눈을 가리려는 듯 한 손을 들었다. 당연하지, 이저벨은 생각했다. 쪼글쪼글하고 해골 같은 집주인의 얼굴은 피가 거의 다 빠져나간 것처럼 아무 색깔이 없었다. 긴 침묵이 흘렀다. 이저벨은 그들에게서 눈을 뗄 수 없었다. 머리를 뒤로 젖힌 젊은 장교와 아래를 내려다보면서 시선으로 그를 에워싼 늙은 여자. 이저벨은 영화를 보듯 그들을 바라보았다. 지금 알렉은 낯선 사람이었다. 그녀는 그가 자신을 만진 적이 있다는 사실이 믿기지 않았다. 그는 그녀에게 속한 사람이 아니었다. 한 번도 속한 적이 없었다.

집주인의 분노는 잠잠해졌다. 그녀가 천천히 지친 한숨을 내쉬었다. 그러고는 아주 천천히 알렉을 향해 한 손을 내밀었다. 그러나 그에게 닿을 수 있다고 믿지 않는 듯 더듬거렸다. 그러고 나서 그녀는 움직이지 않았고 알렉도 움직이지 않았다. 이저벨은 간신히 숨을 쉬었다. 알렉과 집주인은 이제 집에 그들 말고 다른 사람이 있다는 사실을 모르는 것 같았다. 이저벨은 주먹을 꽉 쥐었다. 그들이 그녀를 보게 만들 것이다. 그들이 알아채게 만들 것이다. 부모의 호통에 속수무책인 어린애처럼 그녀 안에서 굴욕감이 불타올랐다. 그러나 이저벨은 어린애가 아니었다.

"알렉." 이저벨이 조용히 말했다. 그리고 한 손을 내밀었지만 그를 만질 수 없었다. 집주인의 시선이 천천히 이저벨의 얼굴을 스치고 지나갔다. 그녀를 보았을까? 아니면 보지 못했을까? 알 수 없었다. 주인 여자는 몸을 지탱하기 위해 난간을 붙잡고서 마침내 뒤로 돌았다. 그녀는 허리를 굽힌 채 천천히 집안으로 들어갔다. 그녀는 어떤 타격에 영원히 회복하지 못할 상처를 입은 늙디 늙은 여자처럼 보였다.

알렉은 사라졌다. 복도에는 이저벨 혼자 남았다. 그녀는 아무것도 보이지 않을 거라 기대하며 아래를 내려다보았다. 그러나 타일 바닥에 진한 핏자국이 있었다. 그녀는 그 옆에 무릎을 꿇고 앉았다. 여전히 손수건을 쥐고 있었다. 그녀는 그것을 타일 위에 덮었다가 다시 집어들었다. 얼룩은 진한 붉은색이었고 그녀가 그것을 문지르자 손가락에 끈적거리는 느낌이 남았다.

10

이저벨은 깃털이불을 걷어내고 커튼을 활짝 젖힌 다음 창문을 열었다. 차가운 공기가 빠르게 그녀의 몸 위를 덮쳤다. 그녀는 만족스럽게 냉기를 느꼈다. 이층은 조용했다. 그녀는 부엌으로 가서 욕조의 목재 뚜껑을 열고 바닥에서 13센티미터 지점에 표시된 선을 훨씬 넘어 물을 받았다. 뜨거운 물은 더이상 나오지 않았지만 차가운 물을 계속 받았다. 그녀는 욕조 안에 들어가 뒤로 기대면서 머리카락과 얼굴을 담갔다. 그리고 완전히 물속에 잠겼다. 그녀는 눈을 뜨고 왜곡된 표면을 통해 위를 보았다. 욕조가 너무 작아서 수도꼭지에 등을 대고 웅크린 채 무릎을 굽혀야 했다. 그녀는 폐가 터져버릴 것 같을 때까지 그대로 누워 있었다. 그러고 나서 수면 위로 올라와 물을 끼얹고 눈가를 문질렀다.

그녀는 샤워타월로 피부가 빨갛게 될 때까지 세게 문질렀다. 몇 주 만에 처음으로 완전히 깨어 있었다. 그녀는 욕조 밖으로 나와 열심히 물기를 닦았다. 물론 다른 남자와 잔 적은 없었다. 정신 나간 환상이었다. 너무 오래 혼자 있어서 무엇이 현실이고 현실이 아닌지에 대해 감각을 잃었다. 전쟁은 몇 년 전에 끝났다. 그때까지 살아 있던 공군들은 모두 자기 삶으로 돌아갔다. 비행장은 텅 비었다.

이저벨은 거울에 서린 김을 닦고 자신을 바라보았다. 얼굴은 장밋빛이고 눈은 반짝거렸다. 그녀는 머리를 말리고 실용적인 치마와 점퍼, 따뜻한 외투를 입고 마을에 가서 장을 볼 것이다. 그러고 나서 재닛 잉골드비에게 전화를 걸어 바느질 모임에 들 수 있는지에 대해 이야기를 나눌 것이다. 그리고 프랑스어 방과 후 수업을 하고 싶다는 편지를 중등학교에 보낼 것이다. 물론 필립은 상관할 일이 아니었다.

"그동안 정신이 완전히 나갔던 거야." 그녀는 거울 속의 자신을 보며 엄격하게 말했다. "이제 정신을 차릴 때가 되었어."

그것은 예전에 고모가 했던 말이었다. 이저벨은 어머니와 아버지가 돌아가신 수용소에 대한 소식이 흘러나오기 시작하자 식사를 거부했다. 이저벨은 사과 크럼블 접시가 놓인 식탁 앞에 앉아 있었고 고모는 팔짱을 끼고 그녀 옆에 서 있었다. 당시 찰리는 벌써 도망가고 없었다. 고모는 말했다. "이런다고 어머니와 아버지가 돌아오진 않아, 이저벨. 이제 정신을 차릴 때가 되었어." 이저벨은 말을 마치고 꽉 다문 진 고모의 입술을 올려다보았다. 관자놀이에 흰머리가 보였다. 이저벨은 그녀를 보고 누가 떠오를 듯 말 듯했다. 이내 그게 누군지 알아차렸다. 물론이었다. 고모는 아버지의 누이였다. 이저벨은 전에는 그 점을 제대로 생각해본 적이 없었다. 고모의 입술이 다시 열렸다. "우리는 계속 살아가야 해." 고모가 말했다. "어머니와 아버지도 그걸 원할 거야." 이저벨은 검은 독이 빠져나가는 것처럼 낯선 안도감이 차오르는 것을 느꼈다. 생각하지 않아도 괜찮았다. 느끼지 않아도 괜찮았다. 그녀는 사과 크럼블에 숟가락을 찔러넣었다.

그날 밤 이저벨은 잠을 이룰 수 없었다. 필립은 스틸병*에 걸린아이를 보러 다시 나갔다. 그녀는 침대에서 이리저리 뒤척였다. 깃털이불을 덮고 있는데도 추웠다. 그녀는 알렉이 오지 않을 것을 알았다. 필립은 아주 훌륭한 의사야, 그녀는 씁쓸하게 생각했다. 재닛 잉골드비는 그녀를 보면 반가워했다. 잉골드비 부인이 작년 여름에 만든 구스베리잼을 주었다. 그것은 진하고 투명

* 소아 만성 류마티스관절염.

한 아름다운 붉은색이었다. 그리고 반짝거리는 까만 씨들이 점점이 박혀 있었다. 재닛은 만족스러워하며 잼 병을 들어서 빛에 비춰보았다. 잼은 딱 알맞게 만들어졌다.

"설탕이 없던 시절에 그 많은 과일이 버려졌던 걸 생각하면……" 부인이 말했다. "전쟁통엔 그랬어요. 물론 새댁은 너무 어렸겠지. 기억도 안 날 거예요."

"기억나요." 이저벨은 말했다.

지금 그녀는 이가 딱딱 부딪힐 정도로 몹시 추웠다. 이럴 바엔 깃털이불을 걷어내는 게 더 나을 것 같았다.

"당근잼이라니!" 재닛 잉골드비는 경멸하듯 계속 말을 이었다. "식품부 사람들은 머리 대신 당근을 달고 다니는 게 아닌가 싶었어요. 잼을 만들 설탕이 없어 산울타리에서 썩어가는 블랙베리가 지천인 걸 모르는 여자는 없었으니까. 야생자두 절임을 먹어본 적이 있어요, 새댁?"

너무 추워, 이저벨은 생각했다.

"우리집 요리사는 항상 로즈힙 시럽을 직접 만들었어요. 씨를 빼내는 게 약간 번거롭긴 했지만 애들도 재미있어하며 도왔지요. 아침저녁으로 애들한테 로즈힙 시럽을 한 티스푼 먹이면 겨울 내내 콧물이 흐를 일이 없답니다."

이저벨은 옆으로 돌아누워 얼음장 같은 침대 가운데 웅크렸다. 몹시 피곤했지만 결코 잠들 수 없을 것 같았다. 머릿속에서 재닛 잉골드비의 목소리가 쿵쿵 울렸다. "……집에서 만든 절임은…… 칠프루프* 속옷이…… 잉골드비 박사는 훈제 대구 요리를 아주 좋아해요……"

그녀는 몸을 덥혀야 했다. 군복 외투를 잠깐 입는다고 별문제는 없을 것이다……

그러나 외투가 의자 위에 없었다. 겁에 질린 이저벨의 심장이 빠르게 뛰기 시작했다. 그녀는 건드리지 않았다. 분명히 건드리지 않은 걸 알았다. 마지막으로 보았을 때 외투는 의자에 개켜져 있었다. 그런데 그게 언제였지? 그녀는 뿌연 기억 속에서 외투의 모습을 떠올리려고 정신을 집중했다. 필립이 오기 전에 집을 정리했을 때는 거기 있었다. 그건 확실했다.

외투는 방문 뒤 고리에 걸려 있었다. 방문이 열려 있어서 보이지 않았다. 필립이 걸어둔 게 틀림없었다. 그녀는 아주 잠깐만 외투를 덮고 있을 것이다. 그러고 나서 따뜻해지면 다시 걸어둘 것이다. 그런 생각을 하고 있을 때 재닛 잉골드비의 목소리가 멈췄다. 마치 누군가 레코드에서 바늘을 들어올린 것처럼.

---

* 영국의 여성 속옷, 유아복 브랜드.

이저벨은 꿈을 꾸었다. 알렉의 얼굴이 어둠 속에서 그녀 앞에 떠오르더니 그대로 떠 있었다. 오싹한 얼굴이었다. 괴로움에 너무 흉해진 그 모습에 그녀는 고개를 돌리고 싶었다. 그러나 그럴 수 없었다. 그의 눈은 동굴 같았다. 그녀는 그의 소매를 만졌지만 그는 손길을 느끼지 못하는 듯했다. 그녀는 그에게 키스하고 그를 다시 돌아오게 하려고 손을 내밀었다. 그는 고개를 돌렸다. 그녀는 그가 오늘밤에 대해 생각하고 있다는 걸 알았다. 그는 두려워하고 있었다. 지난번 대도시로 출격했을 때 그들은 탐조등 불빛에 발각되었다. 그는 할일을 했고 기적처럼 적군을 따돌렸다. 그러나 그런 일은 두 번 일어나지 않는다. 수많은 탐조등이 책을 읽을 수 있을 정도로 몹시 밝은 불빛을 비추며 따라오는 동안 그들은 자신들이 탄 비행기를 하늘에서 날려버릴 폭격이 시작되기를 불안하게 기다린다. 모든 나사가 튕겨나가는 듯한 시끄러운 쇳소리가 날 때까지 비행기를 하강시킨다. 불빛은 계속 추적해 오며 어둠 속에서 그들을 찾아내고, 그들의 비행기는 모두의 표적이 된다. 그때는 거기서 빠져나왔지만 그런 일은 다시 일어나지 않을 것이다.

“알아.” 그녀는 알렉이 있는 곳에 가닿으려 애쓰며 거듭 말했다. 그러나 그는 이렇게 말했다. “당신은 몰라.” 그리고 그녀의 손을 떨쳐냈다.

그녀는 랭커스터 소리에 잠을 깼다. 폭격기들이 이 분 간격으로 이륙하고 있었다. 바람이 바뀐 게 틀림없었다. 그들이 남동쪽으로 날아가기 전에 마을 근처를 빙빙 돌면서 서서히 고도를 높이고 있었기 때문이다. 한 대가 날아가고 또 한 대, 또 한 대, 그리고 또 한 대가 날아갔다. 그 천둥 같은 우르릉 소리가 공기 중에 가득찼다. 폭격기들은 집 위에 낮게 떠 있었다. 그녀가 지붕을 관통해 비행기를 볼 수 있다면 알렉과 그의 바로 뒤 오른쪽에 앉아 있는 부조종사도 보일 것 같았다. 아이를 밴 것처럼 불룩하게 폭탄을 실은 거대한 랭커스터가 서서히 지나갔다.

그는 떠났다. 스물일곱번째 작전이었다. 이번 작전을 마치고 세 번을 더 하면 복무가 끝난다. 이제 시작되었다. 알렉은 쪼개진 시간의 틈 밖으로 기어나갔다. 스물여섯번째 작전과 스물일곱번째 작전 사이, 그 틈에서 그는 이저벨을 만나고 또 만나고 또 만났다. 너무도 가엾은 케이티 대원들은 이제 대도시로 출격을 나갔다.

그녀는 비행장에 가야 했다. 아직 필립이 집에 돌아오려면 멀었다. 어쩌면 아침까지 돌아오지 않을지도 모른다. 그녀는 재빨리 옷을 갈아입고 급히 쪽지를 썼다. "잠이 안 와서, 자기. 잠깐 신선한 공기를 쐬고 올게." 그녀는 정전을 대비해 문 옆에 걸어 둔 손전등을 챙긴 뒤 튼튼하고 편한 신발을 신은 다음 허리를 굽혀 끈을 맸다. 그녀는 옷걸이에 걸린 외투를 입으려다가 잠시 멈췄다. 잠깐 생각하더니 침대에 덮여 있던 군복 외투를 입고 여몄다. 군복 외투는 너무 커서 거의 발목까지 내려왔다. 아무도 볼 사람이 없을 것이다. 그리고 이 외투가 그녀를 따뜻하게 해줄 것이다.

그녀는 키친타월에 마가린을 발라 건물 현관문 빗장에 칠했다. 빗장은 쉽게 풀렸다. 그러고는 밖으로 나와 살며시 뒤로 현관문을 닫았다. 거의 소리가 나지 않았지만 그래도 그녀는 기다렸다. 잔뜩 긴장한 채 귀를 기울였다. 이층에서는 아무 움직임도, 불빛도 없었다. 그녀는 살금살금 계단을 내려왔다. 가로등은 꺼져 있고 불이 켜진 창문은 하나도 없었다. 그러나 달빛이 있었다. 반달 위로 가느다란 구름이 지나가고 있었다.

"전기가 끊겼구나." 이저벨은 혼잣말을 했다. 그러자 모든 게 완벽하게 이해되었다. 그녀의 길을 비춰줄 달빛은 충분했다. 손전등은 필요하지 않을 것이다. 겁을 먹은 듯 벽 가까이 붙어 황급히 지나가는 사람들 그림자가 보였다. 아무도 그녀에게 말을 걸거나 그녀 쪽을 흘낏거리지 않았다.

그녀는 탁 트인 들판으로 이어지는, 그녀가 아는 길로 들어섰다. 집들과 거대한 성당이 곧 그녀 뒤로 멀어졌다. 널찍한 시골길은 아스팔트로 포장한 지 얼마 안 된 상태였다. 그녀는 가장자리로 걸었다. 트럭 행렬이 두 차례 그녀를 지나쳐 비행장으로 달려갔다. 그녀는 뛰지 않으려 애쓰며 되도록 빨리 걸었다. 기분 나쁘게 다급한 느낌이 들면서 심장이 쿵쾅거렸다. 그녀는 그곳에 얼른 가야 했다. 그러나 그 이유는 알 수 없었다. 이제 달은 산울타리 위를 비췄고 그 사이로 널따란 들판이 보였다. 두터운 어둠에 묻힌 들판은 푸르스름했다. 암여우가 날카롭게 비명을 질렀다. 이저벨은 그 소리가 무엇인지 알면서도 깜짝 놀라고 말았다. 그녀는 조용히 있고 싶었다. 눈에 띄지 않는 그림자가 되고 싶었다. 잠시 걸음을 멈추고 나무에 기대 쉬었다. 그렇게 몸을 기댄 채 기다렸다. 아직 때가 아니라는 것을 알았다. 첫번째 폭격기가 돌아오기까지는 몇 시간이 더 흘러야 했다. 외투 속에 파묻힌 그녀는 밤에 감싸인 채 가만히 기다렸다.

그녀는 비행장 주변 철조망 앞에 있었다. 자정이 한참 지난 시간이었다. 이제 기지가 겨울의 어둠 속에서 살아났다. 랭커스터 한 대가 활주로에서 계류장으로 천천히 이동하고 있었다. 버스 한 대가 비행장 주변 도로를 따라 그녀 앞으로 휙 지나갔다. 랭커스터의 천둥 같은 소음에 묻혀 버스 엔진소리는 들리지도 않았다. 그녀는 버스를 운전하는 여성 보조대원의 옆모습을 얼핏

보았다. 저멀리서 랭커스터 소리가 다시 커지자 지상 근무원들이 우르르 모여들었다. 하늘에는 랭커스터가 여러 대 있었다. 착륙할 차례를 기다리며 빙빙 돌고 있었다. 랭커스터들은 하늘의 계단을 밟고 내려오듯 차례로 비행장을 향해 내려오고 있었다. 천둥 같은 소리가 그녀의 몸을 훑고 지나갔다. 그녀는 고개를 들었다. 밤하늘을 배경으로 거대한 그림자를 본 것 같았다. 관제탑이 깜박거렸다. 그녀는 하늘에서 자신을 향해 내려오는 비행기의 착륙 표시등을 보았다. 그러고 나서 그것은 활주로의 불빛을 향해 내려갔다. 비행기는 살짝 튀어올랐다가 안정을 찾았고 완전히 착륙했다. 엄청난 굉음이 땅을 뒤흔들었다.

다시, 또다시 하늘이 엔진소리로 가득찼다. 하나둘씩 착륙한 랭커스터들은 계류장으로 이동했다. 버스들이 그녀를 지나쳐갔다. 그녀는 작전수행 보고를 하러 가는 길에 웅크린 채 담배를 피우는 대원들을 생각했다. 그중에 알렉도 있을 거라고 애써 생각해보았다. 그러나 이상하게 마음이 편치 않았다.

이제 소음은 잦아들었다. 뒤처진 비행기 한 대가 들어왔고 그러고 나서 또 한 대가 들어왔다. 그녀는 두려워하며 긴장한 채 기다렸다. 그는 지금 와야 했다. 더이상 공중에서 버틸 연료와 시간이 없었다. 그의 주의가 흐려진 게 아니라면…… K-케이티가 망가지지 않았다면…… 지금쯤……

시야가 흐려졌다. 눈을 깜박여보았지만 안개는 걷히지 않았다. 동쪽에서 안개가 굴러오고 있었다. 양털 뭉치 같은 거대한 안개 덩어리가 활주로를 덮으며 또다시 스멀스멀 굴러왔다. 빌어먹을 기상청 인간들, 그녀는 속으로 말했다. 또 잘못 짚었어.

이 소식을 전해들은 알렉은 착륙을 포기하고 다른 비행장을 향해 날아갈 것이다.

이저벨은 그것이 하늘에서 힘겹게 내려오는 소리를 들었다. 무언가 완전히 잘못된 듯했다. 그것은 랭커스터였지만 그녀가 잠든 중에도 알 수 있는 그 소리가 아니었다. 멀린 엔진의 안정적인 포효가 아니었다. 그것은 거칠게 공기를 긁으면서 그 속을 뚫고 나오려고 애쓰고 있었다. 기침을 토하며 골골거리던 그것이 갑자기 엄청난 굉음을 내질렀다. 마치 조종사가 과급기 스위치 끄는 것을 잊어버린 듯했다. 랭커스터는 무서운 속도로 하강하기 시작했다. 너무 빠르고 너무 가파르고 너무 가까웠다.

활주로 끝에 환한 불빛이 들어왔다. "투광 조명이야." 그녀는 소리 내어 말했다. 그리고 왜 그 불빛이 들어왔는지 알았다. 착륙을 하려면 안개를 뚫을 정도로 강력한 조명이 필요했다. 다른 비행장으로 가기에는 연료가 충분하지 않거나 손상이 너무 심했다. 안개가 스멀스멀 걷히고 그 순간 그녀는 불빛과 사람들을 보았다. 그리고 활주로를 향해 급강하하는 랭커스터의 거대한 그림자도 보았다. 그러나 그것은 착륙하지 않았다. 엔진은 고통스러운 비명을 지르면서 그녀 위를 지나갔다. 그녀의 머리 위로 15미터 밖에 안 되는 높이였다. 그는 활주로를 놓쳤다. 그는 본부와 격납고 위로 비행기를 띄울 동력을 얻기 위해 스로틀을 앞으로 끝까지 밀어붙였다. 그 검은 것은 하늘을 할퀴면서 간신히 올라갔다. 괴성을 지르며 겨우 떠 있었지만 얼마 후 엔진이 꺼지고 비행장 너머 보이지 않는 곳에 처박히고 말았다.

완전한 침묵이 흘렀다. 폭발음은 들린 것 같지 않았다. 그녀 주위의 공기가 저절로 모여 굳어지더니 벽이 되었다. 그 벽은 자꾸만 그녀의 몸에 부딪혀 부서지고 또 부서졌다. 이저벨은 앞으로 고꾸라지고 있었다. 그녀는 바닥에 쓰러졌다. 얼굴에 젖은 풀이 느껴졌다.

11

이저벨이 집에 돌아왔을 때 필립의 차는 보이지 않았다. 필립은 아직도 환자와 함께 있는 모양이었다. 그녀는 거리 양쪽을 번갈아 살펴보았다. 여전히 똑같은 밤이 끝없이 계속되고 있었다. 돌아다니는 사람은 아무도 없었다.

그녀는 조용히 건물 안으로 들어왔다가 갑작스러운 불빛에 눈을 깜박였다. 집주인이 층계에 앉아 있었다. 그녀가 이저벨을 바라보았다. 이번에는 확실히 그녀를 보고 있었다. 날카로운 시선이었다. 그녀는 피곤하지만 어딘지 만족스러워 보이기도 했다. 고양이 같아, 이저벨은 생각했다. 사냥을 했으니 한동안 배를 곯진 않을 것 같네.

“그럼 이제 다 끝났군.” 집주인이 말했다.

"무슨 말이죠?"

"무슨 말인지 알잖아."

이저벨은 팔짱을 꼈다. 그렇게 빠져나가진 못할걸, 그녀는 생각했다. 대담해진 그녀는 이제 궁금한 것을 물어볼 수 있었다. 집주인 말고는 다른 누구도 알지 못하는 그것을.

"그 사람은 죽었나요?" 그녀는 물었다.

"물론 죽었지. 전부 다 죽었어."

"대원들 전부 다요?"

집주인의 윗입술이 올라가면서 이가 드러났다. "대원들 이야기가 아냐." 그녀는 말했다.

"그럼 누구 이야긴데요?"

"피곤해. 자러 갈 거야. 괜히 기다리지 마. 그는 다시 오지 않을 테니까. 그리고 그 외투도 벗어버려. 그건 당신 게 아냐."

이저벨은 자신을 내려다보았다. 물론 그녀는 여전히 군복 외투를 입고 있었다. "이 외투가 당신 것이라면 이젠 내 것이기도 해요." 그녀는 말했다. 집주인이 뻣뻣하게 일어나더니 두 손을 맞부딪쳤다. 그리고 몸을 돌려 이층으로 올라갔다. 주인 여자는 뒤돌아보지 않았다.

여섯시 사십오분이었다. 지금 잠자리에 드는 것은 의미가 없었다. 필립이 아직 돌아오지 않았는데…… 두려움이 그녀를 괴

롭혔다. 그는 모든 것을 알았고 그래서 그녀를 떠난 것이다. 그는 다른 데 살 곳을 마련했다. 다시는 그녀에게 돌아오지 않을 것이다. 그녀는 식탁 앞에 앉았다. 너무 피곤해서 차를 끓이거나 불을 피울 기운도 없었다. 겨울 이른아침의 희미한 빛이 서서히 창문에 스며들었다. 곧 그녀는 군복 외투를 벗고 잠들 것이다. 그리고 일어났던 모든 일은 꿈에서 일어난 일처럼 사라질 것이다. 그녀는 집주인이 옳다는 걸 알았다. 알렉은 돌아오지 않을 것이다. 무엇하러 다시 오겠는가? 그는 하려고 했던 모든 것을 했다. 대원들 이야기가 아냐, 주인 여자는 그렇게 말했다. 그렇다면 무언가 다른 게 있군, 이저벨은 생각했다. 그걸 알아내야만 해.

전화벨이 울리고 그녀의 손이 천천히 전화기 쪽으로 움직였다. 필립이었다. 잠에 취해 사과하고 있었다. 아이의 상태가 악화되는 바람에 그는 내내 병원에 머물러야 했다. 시간이 너무 늦어지자 병원에서는 간이침대 하나를 내주었다. 그는 이저벨의 잠을 깨우고 싶지 않았다. 그러고는 곧장 진료소로 가는 게 나을 것 같다고, 점심때는 집에 가겠다고 약속했다. 오후에는 진료가 없었다. 그는 야외로 드라이브를 나가면 좋을 것 같다고 생각했다. 이저벨이 좋아할까?

"그래." 그녀는 수화기를 꼭 붙들고 말했다. "난 좋아."

그녀는 두어 시간 잠을 잔 뒤 신경써서 옷을 차려입고 머리를 빗어 틀어올렸다. 그녀는 파우더를 바르고 진한 붉은색 립스틱도 발랐다. 이제 그녀는 더 나이들어 보이고 의지가 확고해 보였다. 트위드 코트를 입은 그녀는 의사의 아내답게 바쁘고 무언가에 몰두한 것처럼 보였다. 모자를 핀으로 고정하고 장을 볼 목록을 적은 종이와 장바구니를 들고 복도를 지나 밖으로 나갔다. 층계 쪽으로는 눈길도 주지 않았다.

오늘 그녀는 아무것도 겁나지 않았다. 시장에 가서도 전혀 떨지 않고 수다 떠는 여자들 무리를 지나쳤다. 그녀는 노점상이 그녀의 장바구니에 막 집어넣으려던 멍든 사과를 가리켰다. 정육점 주인은 그녀를 보고 저울에 올리려던 비곗덩어리를 내려놓았다. 그녀는 사람들이 자신을 어떻게 생각하든 더이상 신경쓰지 않았다. 그리고 그들도 그걸 알았다.

"새댁!" 재닛 잉골드비였다. 그녀는 오랜 친구인 양 이저벨의 팔을 잡았다. "몸이 좋지 않았다는 말을 들었어요."

"지금은 아주 좋아요."

"원래 구두수선공 아들이 신발이 없는 법이지요." 재닛의 미소는 친절했지만 호기심이 가득했다. "분명 필립이 무척 잘 돌봐주겠죠."

"아주 잘 돌봐줘요." 이저벨은 차갑게 말했다.

"물론 그렇겠죠." 다른 여자가 머뭇거리며 말했다. 이 여자도 느끼는군, 이저벨은 생각했다. 더이상 나한테 잔소리를 할 수 없다는 걸 알았을 거야.

"중등학교에서 프랑스어 회화를 가르쳐보려고요." 이저벨이 소리 내어 말했다. "실력이 녹슬지 않게 일주일에 몇 시간만 해볼 생각이에요."

"필립이 그러는데 새댁이 외국에서 살았다더군요."

"보르도에서 프랑스 가족과 함께 살았어요. 열아홉 살 때였지요. 그 집 부모가 아이들에게 영어를 가르치고 싶어했어요."

"그렇게 멀리 보내다니 어머니가 대단히 용감하셨네요!"

"그렇지는 않아요." 이저벨은 말했다. "돌아가셨거든요."

"맙소사, 정말 미안해요. 몰랐어요. 필립이 그런 말은……"

"비밀도 아닌걸요. 어머니와 아버지는 싱가포르에서 돌아가셨어요. 일본군에 포로로 붙잡히셨죠. 어머니는 살아남을 수도 있었어요. 1945년까지 살아 계셨거든요. 정말 운이 나빴어요." 이저벨은 말했다. 그리고 이럴 때 사람들이 흔히 하는 말이라도 해보라는 듯이 재닛 잉골드비를 똑바로 쳐다보았다.

재닛 잉골드비는 한 발짝 물러났다. 그리고 이저벨의 팔을 잡고 있던 손을 놓았다. "오, 저런." 그녀가 말했다. "전쟁이란 게……" 그리고 아래를 내려다보며 고개를 저었다.

이저벨도 아래를 내려다보았다. 분노가 사그라들었다. 자신은 재닛에 대해 무엇을 알지? 그녀는 어떤 일을 겪었을까? 자꾸 '필립'이 어쩌고저쩌고 하는 바람에 화가 났을 뿐이야, 그녀는 속으로 말했다. 앙갚음을 하고 싶었던 거야.

"오래전 일이었어요." 이저벨은 말했다.

"알아요. 하지만 어떤 일들은 절대로 끝나지 않는 것처럼 보이지요, 안 그래요?" 재닛 잉골드비가 조용히 말했다. 벽이 사라졌다. 그 순간 부인의 잿빛 눈이 맑고 투명하게 빛났다. "자신을 잘 보살펴야 해요." 부인이 말했다. 다시 벽이 내려왔다. 그녀는 갑자기 서두르며 말했다. "아, 난 가봐야겠어요. 대니얼스 부인이 부엌 바닥에 진홍색 장판이 더 필요하대요. 바꿀 때가 다가오는 걸 알았을 텐데 왜 미리 말을 안 하는지 원……"

이저벨은 이제 어디로 가야 할지 알았다. 그녀가 바란 대로 식료품점에는 다른 손님이 없었다. 식료품점 주인의 아내는 부서진 비스킷을 골라내고 있었다. 그녀가 이저벨을 보자 고개를 들고 아첨하는 미소를 지었다. 이저벨은 장 볼 물건들을 적은 종이를 꺼내 카운터 위에 올려놓았다.

"배달해드릴까요?"

"아뇨, 기다릴게요. 무거운 게 없어서요."

식료품점 주인의 아내는 오늘 장사가 만족스러운 모양이었다. 곧 그녀는 쉬지 않고 자기 얘기를 주절거리면서 차 한 통을 챙기고 베이컨 써는 기계 앞으로 갔다. 이저벨은 가게 안에 있는 스툴에 앉아 대화의 방향을 조종하기 시작했다. 그들은 가볍게 식료품 부족에 대한 이야기를 나누고 다시 배급과 전쟁으로 화제를 돌렸다.

"독일에서 돌아온 폭격기 중 하나가 비행장에서 추락했다는 이야기를 들었어요." 이저벨이 말했다. 식료품점 주인의 아내는 베이컨 써는 기계에 한 손을 올린 채 고개를 돌렸다. 그녀의 얼굴은 불신, 극적인 사건에 대한 흥미, 그 이야기를 말해줄 사람이 된 것에 대한 만족감이 묘하게 뒤섞여 환히 빛났다.

"그럼 그 여자가 해준 말은 아니겠군요."

"누구요?"

"새댁이 사는 집 주인 말이에요. 아, 그럴 법도 하지. 내가 그 여자라도 그 일에 대해서는 입을 다물 테니까. 요즘에는 앳킨슨 부인이라고 불리지만 결혼하고 나서 쓰던 성은 바즐리였어요. 예전에는 스테인소프에 있는 농장 주택에 살았지요. 비행장에서 1킬로미터쯤 떨어진 곳이었어요. 비행기 한 대가 안개 속에서 착륙하려고 했던 그날 밤, 그 여자 남편과 아기가 그 농장 주택에 있었어요. 베를린에서 공습을 마치고 돌아오는 길이었다고 하더군요. 대공포를 맞아 엔진이 손상되었대요. 그게 농장 주택에 정통으로 떨어졌지요. 땅에 처박혀버렸대요. 여전히 그 흔적이 남아 있어요."

"랭커스터였나요?"

"여기는 다 랭커스터였어요. 핼리팩스 몇 대만 빼고요. 군인들은 그걸 '핼리백스'라고 불렀지요. 내 친구 하나는 장교 식당에서 야간에 일을 했는데 그게 추락하는 소리를 들었대요. 거기 있는 사람 모두가 식당 건물에 부딪힐 거라고 생각했지요. 친구는 바닥에 엎드렸어요. 꼼짝없이 죽는 줄 알았대요. 하지만 그냥 식당 건물 위로 지나갔어요. 그러고 나서 사람들은 그가 무사할 거라고, 아무 일 없을 거라고 생각했지요. 그런데 그때 갑자기 사방이 조용해졌어요. 친구는 폭발음이 한참 뒤에 들린 것 같았다고 말하더군요. 농장 주택에 있던 사람들은 다 죽었어요. 하지만 그 여자는 마을에 있었지요. 알다시피 그 여자는 마을에도 집이 있었어요. 지금 새댁이 사는 그 집 말이에요. 친척 이모가 물려준 집인데 세를 놓았지요. 살 집을 구하는 사람들은 항상 있었으니까. 그런데 그 여자는 일층에 방 두 칸을 자기가 썼어요. 말로는 세입자들을 챙기기 위해서라고 합디다만." 식료품점 주인의 아내는 어느새 계산대 너머로 거의 넘어와 있었고 눈이 반짝반짝 빛났다. "전쟁 때는 많은 일이 있었지요. 몇 년 내내 남자들이 없는 집도 많았어요. 우리는 보고도 못 본 척해야 했답니다. 하지만 그 여자 남편은 집을 떠나지 않았어요. 병역이 면제되는 직업이었으니까요. 여자는 마을에서 자고 가곤 했어요. 교활한 여자였죠. 정말 그랬어요. 보아하니 그 여자 남편은 무슨 일이 벌어지고 있는지 모르는 것 같았어요."

"하지만 아기는요?"

"물론 그 이야기도 해야지요. 그 여자는 스테인소프로 다시 돌아가지 않았어요. 장례식에도 가지 않았답니다. 남편과 아기는 같이 묻혔어요. 물론 '묻을 것'이 있었냐는 건 다른 문제지만. 그리고 그 부부와 같이 살면서 아기를 돌봐주던 여자애가 있었어요. 열여섯 살밖에 안 된 어린애였어요." 식료품점 주인의 아내가 머뭇거리며 말했다.

"아기는 딸이었나요, 아들이었나요?"

"아들이었지요. 다들 사랑스러운 아기였다고 하더군요. 나는 한번도 못 봤어요. 그 여자가 마을에는 애를 데려온 적이 없었거든요. 남편의 형한테 땅이 있어서 거기에 새집을 지었어요. 옛날 집이 있던 땅에서 한참 떨어진 곳이었지요. 그 여자 남편의 가족들은 그 여자와 연을 끊고 살아요. 남편과 아기를 위해 비석을 세운 것도 그들이었고. 여자는 그 근처에 얼씬도 하지 않았어요. 새댁이 사는 집은 참 이상한 집이랍니다."

이저벨은 자신이 몸을 가누기 위해 계산대 모서리를 꽉 붙잡고 있는 걸 깨달았다. 스툴이 흔들거렸다.

"안 좋아 보이네." 식료품점 주인의 아내가 말했다. "물 한 잔 줄까요?"

"아뇨." 이저벨은 말했다. 그러고는 천천히 숨을 들이쉬며 폐에 공기를 채웠다. 겨드랑이 아래와 등허리에 땀이 고였다. 정신을 차려야 한다. 속을 보여서는 안 된다. "베이컨은 중간 사이즈로 잘라주세요." 그녀는 쌀쌀맞게 말했다. "그리고 비스킷 230그램도 싸주시고요."

"초콜릿 바른 거요, 안 바른 거요?" 식료품점 주인의 아내는 기분이 상한 듯 말했다.

"안 바른 걸로 주세요."

전부 다 죽었어. 집주인은 그렇게 말했다. 대원 모두가 죽고 주인 여자의 아기와 남편, 아기를 돌봐주던 여자아이도 죽었다. 이저벨이 비행장 주변 철조망 옆에서 기다릴 때 보고 들은 것이 그거였다.

그녀는 장바구니를 들고 천천히 집으로 걸었다. 배달을 해달라고 할걸 그랬다고 생각했다. 몸이 아주 안 좋았다. 식료품점 주인의 아내는 기분이 상했지만 호기심을 느낀 것도 사실이었다.

그녀는 이저벨을 위아래로 훑어보았다. 새로운 곳에 이방인으로 가면 그게 문제였다. 사람들의 과거를 전혀 모르기 때문에 그들의 현재 모습이 어떻게 만들어진 것인지 알 수 없었다.

귀에 피가 돌아가는 소리가 마치 집주인의 발소리처럼 들렸다. 소리는 점점 더 빨라졌다.

"이저벨!" 필립이 의자에서 벌떡 일어나 한 팔로 그녀를 안으며 말했다.

"괜찮아."

"괜찮아 보이지 않아. 어서 앉아."

"너무 빨리 걸었나봐. 그뿐이야. 그리고 장바구니가 무거웠어."

"장바구니를 들고 다니지 말라고 몇 번 말했어? 배달하는 남자애가 있잖아."

"알아. 그냥 몇 가지만 사려고 했거든."

그녀는 뒤로 기대 눈을 감았다.

"왜 그렇게 항상 급해? 왜 자기 몸을 돌보지 않아?" 그는 화가 나서 소리를 질렀다. 이저벨은 아무 말도 하지 않았다. 자신의 꼴이 이러니 할말이 없었다. 그는 항상 저런 생각을 하고 있었을까? 마침내 그는 전보다 차분하게 말했다. "계속 당신 걱정을 하고 있었어. 혹시…… 잉골드비 박사님한테 검사해달라고 할까?"

"잉골드비 박사라니!"

"박사님은 아주 훌륭한 의사야."

"물론 그렇겠지."

"내 생각엔…… 혹시 가능성이……"

그녀는 반짝 눈을 떴다. 그는 수줍어 보였다. 전혀 의사처럼 보이지 않았다. 그녀의 필립. 맙소사, 그녀는 생각했다. 내가 임신했을지도 모른다고 생각하는구나.

임신했을지도 몰라. 그녀는 그때 그 막사, 그리고 알렉을 생각했다. 그녀는 애써 마음을 가라앉히고 남편에게 미소를 지어 보였다. "확신하기엔 너무 일러." 그녀는 말했다. 그의 얼굴이 환해지는 걸 보니 자신이 미웠다. 그는 의자 옆에 무릎을 꿇고 앉았다. 그가 사랑과 희망이 담긴 어색한 몸짓으로 그녀를 끌어안았고 그녀는 그의 심장박동을 느꼈다. 그는 그녀의 머리를 쓰다듬었다. 그녀는 생각했다. 이게 그가 일을 하는 이유야. 이게 그가 원하는 모든 것이야. 나는……

랭커스터가 충돌했다. 전부 다 죽었다. 그는 다시 오지 않을 것이다. 그렇게 만든 것은 집주인이었다. 모두 그녀가 한 짓이었다. 그녀는 내가 군복 외투를 발견하게 만들었다. 그녀가 그 모든 일이 일어나게 만들었다. 직접 그를 가질 수 없다면 나를 통해서라도 가지려고 한 것이었다. 그녀가 머리 위에서 걸어다닌 것도 당연했다. 그녀는 자신이 원하는 것을 알았다. 일이 그렇게 된 것 때문에 그가 미웠지만 그를 원하는 걸 멈출 수는 없었다. 무슨 수를 써서라도 알렉을 돌아오게 하려던 것이었다.

볼 때마다 그는 항상 스물여섯번째 작전과 스물일곱번째 작전 사이에 있었다. 그렇게 수없이 겪으면서도 왜 그는 벗어날 수 있다는 생각을 하지 못했을까?

그는 죽었고 영영 갔어, 이저벨은 생각했다. 전쟁은 오래전에 끝났어. 나는 필립의 아이를 가질 거야.

"우린 이제 여기서 살 수 없어." 필립이 말하고 있었다. "내일 은행 지점장을 만나봐야겠어."

"아무것도 아닐 수도 있어." 이저벨은 경고하듯이 말했다. 그러나 아무런 효과가 없었다.

"어쨌든 이제 우리집을 가질 때가 되었어." 그가 말했다.

그녀는 그의 얼굴에 그런 표정이 나타날 때가 좋았다. 그러나 동시에 두렵기도 했다. 지금은 그 모든 의지와 보호본능이 그녀를 감싸안고 있었지만 자칫하면 그녀에게 등을 돌릴 수도 있었다. 그녀가 입을 열기만 해도 그가 그녀를 미워하게 될 수도 있었다. 그녀는 자신보다 강한 어떤 힘, 사악한 자기파괴 본능이 입에 말을 넣어주고 뱉어내게 할까봐 두려웠다. 필립은 그런 그녀를 용서할 수 있는 유의 남자가 아니었다. 그는 자신이 믿는 것에 관한 한 절대적으로 믿었다. 따라서 배신은 용서할 수 없었다. 하지만 난 아무것도 안 했어, 그녀는 속으로 말했다. 그게 현실이 아니라면, 어떤 것도 현실이 아니다. 모두 집주인이 한 짓이다. 전쟁은 오래전에 끝났지만 그녀는 아직도 집착하고 있다. 그녀는 놓아주지 않을 것이다.

이저벨은 필립의 손을 잡고 그것을 뒤집어 그 위에 자신의 손을 겹쳤다. "우리가 여기 영원히 머물까봐 두려울 때가 있어." 그녀는 말했다. "밤새도록 왔다갔다 걸어다니는 앳킨슨 부인과 함께 늙고 머리가 셀까봐."

"그런 일은 일어나지 않아. 은행 지점장에게 상담을 받을 거야. 지점장의 아내가 잉골드비 박사의 환자거든. 우리 같은 사람들이 주택 대출을 받을 수 없다면……"

이저벨은 자기 전 화장대 앞에 앉아서 얼굴에 크림을 바르고 있었다. 그녀는 필립이 부엌 난로의 재를 치우면서 휘파람 부는 소리를 들었다. 그녀는 거울에 비친 군복 외투를 보았다. 그것은 침대 위 그녀 자리에 펼쳐져 있었다. 그걸 저기 두었던가? 그런 것 같지는 않았다. 그녀는 일어나서 군복 외투를 개켜 거실로 가져갔다. 원래 있던 벽장에 다시 넣어둘 것이다. 아니, 그것만으로는 충분하지 않았다. 아예 집밖으로 내보내야 했다. 그러나 오늘밤은 벽장 속에 있어도 될 것이다. 이저벨은 의자를 가져다놓고 위로 올라가 벽장문을 활짝 열어젖혔다. 그리고 외투를 최대한 안쪽으로 밀어넣었다.

"당신 대체 뭐하는 거야?" 필립이 물었다. 그녀는 뒤를 돌아보았다. 그가 문가에서 그녀를 보고 있었다.

"외투를 치웠어. 이제 깃털이불이 있으니 필요하지 않잖아."

"그렇게 높은 데 올라가면 안 돼." 그가 두 손을 내밀었다. 그녀는 그 손을 잡았다. 필립은 그녀를 안고 살며시 바닥에 내려주었다.

밤에 그녀는 잠이 깨었다. 무언가 무거운 것이 위에서 또 그녀를 누르고 있었다. 한 손을 밖으로 빼자 두툼한 모직물이 느껴졌다. 피부 위로 공포감이 스멀스멀 밀려왔다. 그녀는 죽은듯이 꼼짝 않고 누워 있었다. 차마 필립에게 손을 내밀거나 말을 걸 수 없었다. 그녀는 뻣뻣하게 누운 채 어둠을 노려보다가 다시 잠에 빠져들었다. 아침에 필립이 말했다. "저걸 처리해버려야겠어. 당신이 한밤중에 일어나 다시 벽장에서 꺼내는 일이 없게 말이야."

"내가 싸서 쓰레기통에 버릴게."

"그럴 수는 없어, 이저벨. 우리 물건이 아니잖아."

"상관없어. 그 여자가 그렇게 원한다면 와서 가져가겠지."

"누구?"

"물론 집주인이지. 그 여자 거잖아."

"아마 그 늙은 여자는 완전히 잊어버렸을 거야."

"진료소에 가져다놓자, 필. 집에 두는 건 싫어."

"그냥 이층에 가져다주는 게 더 간단하지 않을까?"

그녀의 눈에 눈물이 고였다.

"알았어, 알았어." 그는 말했다. "내가 할게. 울지 마."

"지금 트렁크에 넣어."

"맙소사, 이즈. 못 봤나본데, 난 아직 가운 차림이야."

"그럼 내가 할게."

필립은 결코 트렁크를 잠그지 않았다. 그녀는 군복 외투가 불타고 있기라도 한 양 그걸 가지고 서둘러 계단을 내려갔다. 그리고 트렁크 손잡이를 돌리고 안에 그것을 밀어넣었다.

그녀는 천천히 계단을 올라왔다. 찬 기운이 몸에 스며들었다. 생생한 냉기가 그녀의 살을 날카롭게 파고드는 듯했다. 이제 끝났다. 외투는 사라졌고 그들은 곧 이 집을 떠날 것이다. 그리고 집주인도 다시 볼 일이 없을 것이다. 이제 잠을 잘 수 있을 것 같았다. 창문을 두드리는 소리도, 육중한 폭격기들이 빙빙 돌며 하늘로 올라갈 때 나는 웅웅거리는 소리도 다시 들리지 않을 것이다. 다 끝났다.

그녀는 다시 집주인의 목소리를 들었다. 괜히 기다리지 마. 그는 다시 오지 않을 테니까.

그래, 그는 다시 오지 않을 거야, 이저벨은 생각했다. 그 순간 또다시 비행기 소리가 들리면서 그가 그녀 몸을 만지고 그녀 안으로 들어오려 하는 것을 느꼈다. 오일과 땀 냄새, 그의 숨결에서 희미하게 느껴지는 싸한 산소마스크 냄새가 났다. 그의 손가락에서는 담배 맛이 났다. 바들바들 떨리던 그 손가락들은 그녀를 만지면서 차츰 진정되었다. 처음에는 머뭇거렸지만 곧 살며시 그녀의 살을 쓰다듬었다. 마치 여자의 얼굴을 다시 만질 수 있을 줄 몰랐다는 듯이 아주 살며시.

12

몇 주 동안 화창한 날씨가 이어졌다. 다들 이 흐름이 깨질 거라 생각했지만, 매일 아침 태양은 새벽의 엷은 안개를 날려버리고 여덟시쯤에는 이저벨이 밖에서 하루의 첫 차를 마실 수 있을 만큼 따뜻해졌다. 마가목 열매는 붉게 영글어가는 중이었다. 올해는 모든 게 일찍 익어가고 있었다.

마이클은 다섯시에 새소리를 듣고 잠에서 깼다. 낮은 길었고 이저벨은 거의 밖에서 지냈다. 그들은 아직 정원을 손보지 않았다. 정원 둘레는 잡초에 묻혀 경계가 보이지 않을 정도였고 잔디밭은 들판이 되었다. 그리고 나중에 닭을 기를 곳으로 쓸 과수원에는 아직도 블랙베리나무와 들장미 덤불이 무성했다. 전 주인이었던 늙은 여자는 이 집에서 오랫동안 혼자 살았다. 그리고 나중에는 아래층의 방 한 칸만 사용했다. 욕실도 없고 부엌에는 찬물만 나오는 수도꼭지 하나밖에 없었다. 레인지는 십 년 남짓 사용하지 않았다. 늙은 거소프 부인은 빵, 치즈, 생양파만 먹으며 아흔네 살까지 살았다. 캐나다에 사는 조카 말고는 친척도 없었다. 조카 역시 일흔이 다 된 노인인데 집을 처분하고 싶어했다. 집이 경매로 팔리기 전에 필립에게 정보를 준 사람은 잉골드비 박사였다.

그들은 이저벨의 고모에게 돈을 빌리고 은행에서 대출을 받았다. 필립은 늘 집을 원했다. 계속 일을 하면 제때 그 돈을 모두 갚을 수 있었다.

"여기서 우리 애들을 키우고 싶어." 그는 말했다.

그는 벌써 집안 가득 아이들이 있는 것처럼 '우리 애들'이라고 말했다. 당시 이저벨은 마이클을 임신중이었다. 그녀는 출산을 위해 산부인과에 등록했지만 갈 일이 없었다. 갑자기 아기가 이삼 주 빨리 나왔기 때문이다. 필립의 계산에 따르면 그랬다. 아기는 금발에 몸집이 크고 체중은 3.8킬로그램이었다. 그리고 눈은 파란색이었다. 신생아는 원래 눈 색깔이 이래, 필립이 말했다. 나중에 더 진해질 거야.

"정말 연한 금발이구나." 이저벨의 집을 방문한 고모가 말했다.

"네." 이저벨은 말했다.

“물론이지. 리처드도 어릴 때 금발이었어.” 그녀는 자신과 이저벨이 이제 동등한 위치라는 듯 ‘네 아버지’ 대신 ‘리처드’라고 말했다. “몹시 샘이 났단다. 그 시절엔 다들 금발 곱슬머리를 최고로 쳤으니까. 하지만 리처드의 금발은 오래가지 않았어.”

“마이클의 머리카락도 더 진해질 거예요.”

아기를 안고 있으면 그녀는 자신에 대한 확신이 아주 강해져서 누가 뭐라 하든지 신경이 쓰이지 않았다. 아기는 순한 편이었다. 다들 그렇게 말했다. 재닛 잉골드비는 마이클 같은 아이는 드문 경우이고, 둘째를 낳으면 이저벨이 충격을 받을 거라고 단언했다. 마이클은 잘 먹고 거의 울지 않았다. 이저벨이 젖을 먹이고 나서 블라우스 단추를 채울 때 그녀를 바라보는 특유의 표정이 있었다. 마치 두 사람이 완벽하게 합의에 이르렀다는 듯한 표정. 우리는 한배를 타고 있어요. 당신은 나를 돌봐주는 사람이고 모든 게 다 잘될 거예요.

“아이가 여기를 좋아해.” 이저벨은 마이클의 볼을 쓰다듬으며 말했다. 그녀는 이 순한 아이가 자기 자식이라는 사실이 아직도 완전히 믿기지 않았다.

“당연하지.” 필립이 말했다.

“정원을 좋아해. 잠을 자지 않을 때도 마가목 아래 유모차를 두면 몇 시간이나 나뭇잎을 바라보곤 해.”

주말마다 필립은 삐죽빼죽 제멋대로 자란 잔디를 깎고 텃밭을 일구었다. 이저벨은 마이클이 자는 동안 정원 둘레를 정리하고 무성하게 자라날 튼튼한 라벤더와 로즈마리를 심었다. 그리고 '안개 속의 사랑'이라는 꽃말의 니겔라와 마리골드 씨앗을 뿌렸다. 그녀는 종종 하던 일을 멈추고 아기가 소리를 내지 않나 귀를 기울였다. 그러나 아기는 거의 울지 않았다.

일주일에 한 번 집안 청소를 하러 마을에서 오는 여자가 있었다. 재닛 잉골드비는 이저벨이 더 많은 도움을 받지 않는 것에 경악했다.

"괜찮아요. 저 혼자 할 수 있어요." 이저벨은 말했다.

"세상에, 새댁은 정말 용감하네요. 하지만 전쟁 이후로는 상황이 좋지 않아요. 모두 마을로 일자리를 구하러 나간답니다."

마이클은 이저벨의 마음을 채우고 달래주었다. 그녀는 면 드레스를 입고 밖에서 지냈다. 팔과 다리가 갈색으로 그을었다. 잔디밭에 놀이울을 가져다놓고 아기가 그늘 속에서 발차기를 하며 누워 있는 동안 장난감을 하나씩 주었다. 나중에는 꼿꼿이 앉아 천으로 만든 아기용 책을 보거나 찍찍 소리가 나는 기린 인형을 가지고 놀 것이다. 아기는 이제 구 개월이었다. 그리고 놀이울 난간을 잡고 일어설 수 있었다. 날마다 햇빛이 쨍쨍하고 풀은 타들어가고 나뭇잎은 더 진하고 탁한 녹색으로 변해갔다.

마을은 3킬로미터나 떨어져 있었지만 이저벨은 더 가깝기를 바라지 않았다. 여기서는 그녀를 지켜볼 사람이 아무도 없었다. 그녀는 자신이 의당 해야 할 일을 하고 있었고 그래서 혼자 지냈다. 그녀는 의사의 아내였고 아기와 정원이 있었다. 마을에서 배달 차량이 올 때면 이저벨은 대개 페인트 솔을 들고 사다리 위에 올라가 있거나 스카프로 머리를 묶고 땅을 파고 있었다. 그러는 동안 아기는 가까운 곳에 담요를 깔고 눕혀두었다. 목사가 찾아왔을 때 이저벨은 필립이 신을 믿지 않는다고 말하지 않았다. 대신에 차를 끓이고 필립이 일을 많이 한다는 이야기를 했다. 서늘하고 어두운 부엌에서 목사는 의자에 기대앉아, 이저벨이 주전자에 물을 채우고 식품 저장실에 가서 스콘에 바를 크림을 가져오는 동안 그녀가 움직이는 모습에서 눈을 떼지 않았다.

"남편분은 운이 좋은 사람이네요." 목사가 말했다. 그녀는 놀라서 그를 바라보았다. 목사는 재빨리 덧붙였다. "스콘이 깃털처럼 가벼워요. 내 말 믿어요, 이래 봬도 미식가니까."

"정말 그러신 것 같아요." 그녀는 대답했다. 그녀의 머리카락이 앞으로 흘러내려와 얼굴을 가렸다.

목사는 오후 햇빛 속에 운전을 하며 마을로 돌아가는 동안 어딘가 차가워 보이고 느슨하게 흘러내리던 반짝거리는 머리카락의 움직임을 계속 떠올렸다. 멋진 젊은 가족이야, 그는 아내에게 이렇게 말할 것이다.

이저벨은 귀를 기울일수록 더 많이 들었다. 저멀리 트랙터 소리, 고랑에서 무언가 주워먹으려고 육지로 날아온 갈매기 울음소리. 그녀 집에 속한 땅이지만 농부가 건초를 벨 수 있게 빌려준 목초지에 반듯이 누워 있으면 여름 하늘 어딘가 보이지 않는 곳에서 들려오던 높고 새된 종달새 노랫소리. 부엌 수도꼭지에서 물 떨어지는 소리, 디기탈리스 덤불 깊숙한 곳에서 호박벌이 윙윙거리는 소리, 자려고 누운 마이클이 흥얼거리는 소리. 수많은 소리들이 있었다.

"정말 너무 조용하지 않아? 외롭지 않아?" 처음 몇 달 동안 필립은 자꾸 물었다. 그러나 그녀는 항상 아니라고 말했다. 그리고 그를 안심시키려는 듯 미소를 지었다. 그래서 그는 더이상 묻지 않았다. 중등학교에서 프랑스어를 가르치겠다는 생각은 차츰 사라졌다. 결혼생활 초기에 있었던 다른 모든 일들처럼. 그녀에게는 마이클이 있었다. 그리고 아이들이 더 생길 거라고 그녀는 확신했다. 집과 정원이 아이들로 가득찰 것이다. 뒷문은 항상 열려 있을 것이다. 그래야 그녀가 아이들을 살펴보고 싸우거나 웃는 소리를 들을 수 있을 테니까.

그녀는 고모에게 대가족을 이루고 싶다고 말했다.

"요즘 사람들은 그런 것 같더구나." 진 고모가 말했다.

"무슨 말씀이세요?"

"물론 전쟁 때문이지." 고모는 자세히 얘기할 필요도 없다는 듯 딱 잘라 말했다. "나한테는 찰리 하나였지. 네 어머니와 아버지한테도 너 하나뿐이었고. 당시에는 흔했어. 하지만 지금은…… 대신할 사람들이 필요하니까."

"대신할 사람들……"

"자연스러운 본능이란다." 고모는 말했다.

"그런 식으로 생각해본 적은 없어요."

"너야 그랬겠지."

그 말이 몇 주 동안 이저벨의 머릿속에 머물렀다. 대신할 사람들. 그러나 죽은 자들 없이도 세상이 잘만 굴러간다는 건 오싹한 일이었다. 예전과 마찬가지로 수천, 수만의 집에 다시 사람들이 가득찼다. 죽은 자들은 사라졌다. 사람들은 그들을 떠올리기는 했지만 세월은 계속 흘러갔고 계속 과거 속에서 살아갈 수는 없었다.

그러나 물론 죽은 자들은 그것을 느낄 수 없었다. 그들이 다른 것은 느낄 수 있는지 모르겠지만. 그들은 너무 많은 세월, 인생을 놓쳤다…… 그러니 어떻게 분노하지 않을 수 있겠는가? 흘러간 세월은 그들이 놓친 바로 그 세월이었다. 그들은 되찾고 싶을 것이다……

아니, 그녀는 그런 생각을 하지 않을 것이다. 대신에 이저벨은 마이클의 따뜻한 살에 코를 파묻고 킁킁거렸다. 살결이 몹시 부드러웠다. 세상에 이런 것은 또 없을 듯했다. 사람들은 실크나 장미 꽃잎이 부드럽다고 하지만 말도 안 되는 소리였다. 마이클은 여기, 그녀의 팔에 안겨 있었다. 그러나 다른 모든 것은 그렇지 않았다. 그녀의 어머니마저 이저벨을 본다면 허탈함을 느낄지도 모른다. 저애는 다 가졌는데 나는 아무것도 없구나.

어떤 어머니도 자식을 보고 그런 생각을 하지는 않을 거야, 이저벨은 재빨리 속으로 말했다. 어머니는 이저벨이 마이클과 있는 모습을 보면 기뻐할 것이다. 그들의 삶을 시기하지 않을 것이다. 어머니는 이저벨과 마이클의 마음속에 살아 있으니까.

배나무 그늘은 몹시 어두웠다. 몇 년, 아니 몇십 년간 가지를 치지 않았는데도 나무는 여전히 꿋꿋하게 꽃을 피워냈고 설익은 열매가 줄줄이 달린 가지는 아래로 늘어져 있었다.

8월 초였다. 필립은 마이클과 정원에 있었다. 이저벨은 몸이 좋지 않았다. 어디가 딱히 아픈 건 아닌데 얼굴이 창백하고 피곤했다. 그녀는 잠을 잘 자지 못했고 식욕이 떨어졌다. 혹시 또 임신을 한 걸까? 그러나 확신하기엔 너무 일렀다.

"가서 누워." 그녀가 점심때 아무것도 먹지 못하자 그가 말했다. "두 시간쯤 휴식하는 게 좋겠어. 내가 마이클을 볼게. 오후 진료를 보러 세시에는 나가야 하지만 일곱시까지 집에 돌아올 거야. 저녁식사는 후딱 때우면 돼."

후딱 때우다니! 분명히 잉골드비 박사의 표현일 거야, 이저벨은 힘없이 층계를 올라가면서 생각했다. 그녀는 얇은 이불 위에 누웠다. 얇은 이불 한 장조차도 너무 더웠다. 사람들은 날씨가 이상하다고 말하기 시작했다. 비를 내려달라는 기도를 하기도 했다. 그녀는 목사가 비를 기원하는 모습을 생각하고 혼자 웃었다.

침대가 둥둥 떠 있는 것 같은 느낌이 들었다. 그녀는 하얀 벽 위에서 흔들리는 햇살 조각들을 바라보았다. 머리가 몹시 아팠다. 어쩌면 그녀는 임신했을지도 모른다. 이듬해 둘째가 태어날지도 모른다. 그녀는 또다른 마이클, 첫째처럼 얌전하고 금발인 아기만을 상상했다. 그녀가 열어주는 생명의 문으로 들어가기를 끈기 있게 기다리는 아기. 물론 그녀는 감당할 수 있었다. 그녀는 예상과 달리 임신이 쉽다는 것을 알았다. 출산도 마찬가지였다. 이상한 느낌이 계속 그녀에게 들러붙어 있었다. 마치 물속에서 살고 있는 것처럼, 주위 세상이 출렁거리는 듯한 느낌……

이저벨은 꾸벅꾸벅 졸았다. 그리고 잠의 표면을 스치듯이 얕게 꿈을 꾸었다. 때때로 마이클이 내는 소리, 때로는 그보다 더 낮은 필립의 목소리가 들렸다. 그는 항상 조심스럽게 마이클을 다루었다. 그녀는 그를 믿을 수 있었다. 그는 아기를 강하게 키운답시고 하늘 높이 던지거나 눈앞에서 손뼉을 쳐대는 그런 아버지가 아니었다.

내려가야지, 갑자기 필립에 대한 다정한 마음에 사로잡힌 이저벨은 생각했다. 그는 내가 아프면 걱정을 많이 해.

문밖으로 나가자 눈부신 오후 햇살이 그녀에게 달려들었다. 그녀는 손그늘을 만들고 가늘게 뜬 눈으로 열기에 구워지는 정원을 둘러보았다. 필립은 노란 잔디밭에서 끈기 있게 민들레를 파내고 있었다. 그러나 놀이울은 비어 있었다. 그녀의 시선이 휙휙 돌아갔다. 아니, 괜찮아. 저기 마이클이 앉아……

그녀는 숨을 멈췄다. 심장이 쿵쾅거리기 시작했다.

"필립!"

"무슨 일이야?" 그가 금세 다가와 한 팔로 그녀를 안았다. "당신은 내려오면 안 돼. 여기는 너무 더워."

"필립, 저 군복 외투." 그녀가 속삭였다. "저 외투 위에 애가 있잖아." 그녀는 필립의 손에서 벗어나 잔디밭을 가로질러 달렸다. 아기는 진한 파란색, 거의 남색인 눈으로 그녀를 올려다보고 있었다. 아기가 웃으며 그녀에게 두 손을 흔들었다. 그녀는 허리를 굽혀 아기를 안아올리고 꽉 껴안았다. 순한 마이클도 벗어나고 싶은 듯 버둥거렸다. 그녀는 외투에 불이라도 붙은 것처럼 발로 차버렸다.

"저걸 왜 여기 가져왔어? 없애버리라고 했잖아."

"맙소사, 이저벨, 진정해. 당신이 그러니까 마이클이 겁을 내잖아. 진료소에 가져다놨는데 램스던 부인이 복도 벽장을 청소하다가 저걸 발견했어. 겨울에 정원에서 쓸 수 있을 것 같아서 가져왔지."

"우리집에 두고 싶지 않아. 태워버려."

"바보같이 굴지 마. 당신이 그렇게 신경쓰이면 헛간에 둘게."

그는 이를 드러내며 웃고 있었다. 당신은 바보야, 그녀는 생각했다. 당신은 바보야. 그 순간 그녀는 온 진심을 다해 그가 미웠다. 그러나 그런 마음을 드러낼 수는 없었다. 그가 외투를 헛간에 두게 내버려둘 것이다. 그러고 나서 그가 가자마자 없애버릴 것이다. 삽을 가지고 집에서 멀리 떨어진 곳으로 가서 흙이 부드러운 도랑에 묻으면 된다. 마이클은 모험을 한다고 생각할 것이다.

"진료시간까지 십오 분 남았네." 필립이 말했다. "우리 차 마시자."

엄마와 아빠, 그리고 아기. 그들 세 사람은 함께 둘러앉았다. 필립은 차와 스펀지케이크를 나르고 모과나무 그늘에 의자를 놓았다. 마이클도 자기 몫의 케이크 앞에 앉았다. 얼굴 가득 잼을 묻히면서 아주 만족해하고 있었다. 정오의 혹독한 더위는 이제 지나갔다. 햇빛이 황금색으로 물들고 있었다.

"당신 이제 좀 괜찮아 보여." 필립이 말했다. 그는 두 잔째 차를 마시고 케이크를 한 조각 더 먹었다. 그리고 시계를 흘낏 쳐다보았다.

"가지 마." 이저벨이 말했다.

그는 일어나서 그녀의 정수리에 키스했다. "가야 하는 거 알잖아. 당신 괜찮겠어? 풀 부인에게 몇 시간 있어달라고 부탁할까?"

"괜찮을 거야."

"아, 말해준다는 걸 잊었네. 우리 살던 곳 집주인 기억나?"

어떻게 그녀가 잊었다고 생각할 수 있을까? "그럼."

"뇌출혈이래."

"뭐라고?"

"뇌조직에서 핏줄이 터졌어."

"무슨 뜻인지는 알아. 하지만 그래서…… 죽었어?"

"요크에 있는 병원에 있어."

"아…… 그럼……?"

그는 얼굴을 찌푸렸다. "그 여자는 내 환자가 아냐, 이즈. 하지만 이런 경우 대개 전망이 밝진 않아."

이제 그녀는 그가 가버리면 싶었다. 너무 피곤했다. 지금은 집주인에 대해 생각할 수 없었다. 그녀는 마이클을 이층에 데려가 잠시 눕혀놓을 것이다. 마이클은 깜빡 잠이 들지도 모른다. 아직 낮잠을 자지 않았으니까. 필립은 턱받이 가장자리로 마이클의 얼굴과 손을 닦아주고 있었다. 아기가 그를 보며 웃었다.

"나중에 보자, 꼬마 신사. 엄마 잘 돌봐드려." 필립은 마이클의 코를 톡톡 두드리며 말했다. 그리고 거친 잔디밭을 가로질러 성큼성큼 걸어갔다. 그는 집 모퉁이를 돌아 사라졌다. 그녀는 차문이 쾅 닫히고 엔진이 돌아가는 소리를 들었다.

이저벨은 마이클을 안아들고 살며시 흔들면서 달래주었다. 그러나 아기는 안겨 있는 게 싫은 모양이었다. 그녀는 굳이 이층으로 올라가지 않을 것이다. 그냥 마이클 옆자리 담요에 누워서 젖병을 물릴 시간이 될 때까지 눈을 감고 있을 것이다. 그늘은 시원했다……

나무가 바스락거리고 그녀의 얼굴에 무언가 떨어졌다. 잎사귀나 설익은 열매일 것이다. 이저벨은 옆으로 몸을 돌리고 얼굴을 가린 머리카락을 치웠다. 그리고 눈을 떴다. 마이클은 그녀 옆에 앉아 까르르 웃으며 먼 곳을 향해 두 팔을 벌리고 있었다. 그녀는 아기가 보고 있는 그늘 밖의 눈부신 햇빛 속을 바라보았다.

알렉이 그녀를 향해 걸어오고 있었다. 이런 더운 날씨에도 그는 군복 외투를 입고 있었다. 그가 잔디밭을 가로질러 오면서 이저벨에게 미소를 지었다. 따뜻하고 눈부신 미소였다.

"당신을 찾으러 여기저기 돌아다녔어." 그는 말했다. 그가 허리를 굽혔고 그녀는 그의 냄새를 맡았다. 담배 냄새, 희미한 엔진 오일냄새, 싸한 산소마스크 냄새. 그는 담요에서 아기를 들어올려 두 팔에 안고 얼렀다. 마치 여러 번 안아본 것처럼 자신 있게 마이클을 다루었다. 그리고 마이클은 그와 함께 있는 게 즐거워 보였다. 이저벨은 꼼짝도 하지 않았다. 조금도 움직일 수 없었다. 주위 세상이 녹아내리며 해체되고 있었다. 알렉의 금발머리에 빛이 반사되어 반짝거렸다. 그리고 공기는 물처럼 움직였다.

"시간이 별로 없어." 알렉이 말했다. "나는 여기 있으면 안 돼. 우리는 오늘밤 또 떠나."

"나한테 그런 말 하면 안 돼." 이저벨이 말했다.

"당신은 비밀의 무덤이라고 말했잖아, 기억 안 나? 당신을 꼭 봐야 했어. 낡은 바이크라도 있어서 정말 다행이야. 몇 분밖에 시간이 없어." 그는 군복 외투를 벗어 담요 옆 잔디밭에 펼쳐놓고 그 위에 무릎을 꿇고 앉았다. 그가 막 외투에 아이를 내려놓으려는 순간 이저벨이 그의 팔을 잡았다.

"거기 놓지 마!"

"왜?"

"거긴…… 더러울지도 몰라."

알렉은 어깨를 으쓱했지만 다시 일어났다. 여전히 아기를 안고 있었다. 이저벨은 아기를 받으려고 두 팔을 벌렸다. 그러나 알렉은 아기를 이리저리 흔들고 공중으로 살짝 던졌다가 받으면서 장난을 치기 시작했다. 마이클은 좋아서 꺅꺅 비명을 질렀다.

아빠를 따라 춤을 춰보렴
우리 예쁜 아기
아빠를 따라 춤을 춰보렴
우리 꼬마 신사

알렉은 노래를 불렀다. 그리고 그의 눈이 이저벨을 향했다.

"아기를 이리 줘." 이저벨이 날카롭게 말했다. "남편이 곧 돌아올 거야."

"당신이 잘못 알고 있어. 그는 멀리 들판에 나가 있어. 트랙터를 몰고 가는 걸 봤어." 알렉이 말했다.

"무슨 말이야?"

농부는 은밀한 곳으로 갔다네
농부는 은밀한 곳으로 갔다네

예 예이 예 예이
농부는 은밀한 곳으로 갔다네

알렉은 노래를 불렀다.

"제발." 이저벨이 말했다.

"당신이 원한다면 다른 노래를 부를 수도 있어."

"들으나마나 지저분한 노래겠지."

"걱정 마. 아주 점잖은 거니까."

죽으러 가기는 정말 싫은데
진짜로 그러긴 싫어
죽으러 가기는 정말 싫은데
어차피 뒈질 테……

"미안해, 자기. 별로 점잖지 않네. 하지만 이건 내 노래가 아니라 레이니의 노래야. 탓하려면 그를 탓해."

"어서 가. 남편이…… 정말로 곧 돌아올 거야."

"해가 지기 전에는 돌아오지 않을 거야. 햇빛 한 방울도 허투루 보내지 않을 사람이라고 전에 말했잖아. 한참을 트랙터를 가지고 일할 거야. 병역이 면제되는 남자는 원래 그렇지." 알렉은 씁쓸한 목소리로 말하면서 얼굴을 일그러트렸다.

"알렉, 그러지 마."

"잘 들어, 리지. 네시에 작전 지시가 있었어. 오늘밤 대도시로 나갈 거라는 확실한 정보를 들었어. 일곱 시간이 넘게 걸릴 거야. 끝나고 다시 올게."

"아닐지도 몰라." 이저벨은 재빨리 말했다. "전에도 잘못된 정보를 들었잖아."

"당신은 땔감이 충분한지만 확인하면 돼. 남편에게 오늘밤 마을에 가야 한다고 말해. 핑곗거리를 생각해놔. 무슨 일이 있어도 내가 거기로 갈게. 작전수행 보고를 마치자마자 바로."

이저벨은 두려움 때문에 머리카락이 쭈뼛쭈뼛 서는 것을 느꼈다. 그가 보게 해서는 안 된다. 알렉이 마이클을 안고 있는 한은 어떤 식으로든 그에게 적대감을 불러일으켜서는 안 된다. 그는 스물여섯번째 작전과 스물일곱번째 작전 사이로 다시 돌아왔다. 그는 결코 사라지지 않았다.

리지. 그가 항상 찾던 사람이 리지였나? 처음 그가 유리창 너머에서 입 모양으로 이름을 말했을 때 그녀는 자기 이름을 말한다고 생각했다. 이저벨. 그러나 엘리자베스였을지도 몰랐다……

집주인의 존재가 그녀 주위를 두텁게 둘러쌌다. 그것은 안으로 들어오려 하고 있었다. 또다시 그녀의 것이 아닌 기억들로 그녀를 채우고 싶어했다. 그녀를 통해 알렉을 소유하고 싶어했다.

그 군복 외투, 이저벨은 생각했다. 그것이 다시 알렉에게 문을 열어주었다. 그리고 그는 지금 여기 있었다. 집주인은 그를 절대로 그대로 내버려두지 않았다. 그를 다시, 또다시 데려왔다. 그가 다시 올 때까지 그녀는 마룻바닥을 걷고 또 걸었다. 그녀가 그와 함께 있을 수 없다면 이저벨을 통해서라도 그를 가지려 할 것이다. 그녀는 요크의 병원 침대에 반듯이 누워 있을지도 모르지만 머릿속으로는 여전히 걷고 있었다.

아기. 집주인은 아기도 가지려 할 것이다. 이저벨을 통해서 자신의 아이를 다시 가지려 할 것이다. 다들 사랑스러운 아기였다고 하더군요. 나는 한 번도 못 봤어요.

알렉은 마이클을 안은 채 아기의 금발머리 위로 자신의 금발머리를 숙이고 있었다. 마이클은 아주 평화롭게 자신과 눈 색깔이 같은 남자를 물끄러미 바라보고 있었다. 이저벨은 팔에 소름이 돋았지만 이렇게 말했다. "잠깐 이리 줘봐. 쉬를 한 것 같아."

그녀가 딱딱한 말투로 말하자 그는 군말 없이 마이클을 넘겨주었다. 그녀는 아기를 안고 기저귀를 만져보았다. "이럴 줄 알았어. 기저귀를 갈아줘야 해, 알렉. 여기서 기다려."

"하지만 나는 오래 있을 수 없어!" 알렉이 외쳤다. 그의 얼굴이 일그러졌다. 그녀는 지친 기색이 역력한 그 얼굴, 눈 아래가

검게 그늘져 있고 오른쪽 뺨이 씰룩거리는 것을 또다시 보았다. 그는 할 만큼 했고 그 자신도 그것을 알았다. 그러나 그는 여전히 스물여섯번째 작전과 스물일곱번째 작전 사이에 갇혀 있었다. 죽음도 그의 눈에서 공포를 씻어낼 수는 없었다. 그녀가 그를 계속 데려오는 한은 절대로……

"당신은 여기 있으면 안 돼, 알렉." 이저벨이 말했다.

"알아." 그는 말했다.

그가 그녀를 안았다. 그는 아기가 겁먹지 않게 살며시 그녀를 안았다. 그리고 그녀의 귓가에 속삭였다. 리지, 리지, 이지, 이지. 그가 살아 있다면 절대 이런 식으로 내게 오지 않았을 거야, 그녀는 생각했다. 비행장이나 대원들을 떠나지도 않았을 거야. 그녀는 원하는 것을 거의 얻을 뻔했다. 그들은 다시 함께 있을 뻔했다. 집주인, 알렉, 아기.

이저벨은 둥둥 떠 있는 기분이 들었다. 사실이었다. 그녀 주변의 세상이 물로 변하고 있었다. 고체라고 생각한 모든 것이 흘러다니고 있었다. 그녀는 그의 냄새를 맡을 수 있었다. 그는 너무 많은 것을 놓쳤다. 어둡고 추운 바깥에 너무 오래 있었다. 그를 집에 들이면 어때서? 왜 들이면 안 되지? 그녀 자신을 비워서 집주인이 돌아오게 하고 알렉이 머물 수 있게 하면 안 될까? 그것이 엘리자베스 앳킨슨이 오랜 세월 원한 것이었다. 그녀는 밤새도록 집안을 걸으면서 기다리고 원했다. 그가 다시 돌아오기를.

그러나 그녀가 그를 다시 데려온 곳이 어디지? 끔찍한 날들이었다. 네 번의 작전이 남았고 그다음에는 복무가 끝나지만 그는 자신이 그 생각을 하도록 절대 용납하지 않았다.

"서둘러야 해." 그는 지친 얼굴로 말을 짧게 끊어서 내뱉곤 했다. 그는 몹시 두려워했다. 지금 이저벨은 그가 마이클을 안고 있는 모습에서 그 두려움을 보았다. 그는 더할 나위 없이 소중한 생명 그 자체를 다루듯 아기를 안고 있었다. 틀림없이 그녀는 그가 얼마나 두려워하는지 알았을 것이다. 그는 다가올 일을 두려워했고 두려움 자체를 두려워했다. 돌아오지 못할까봐 두려웠고, 대원 모두가 돌아오지 못할 경우 사람들이 소지품이 들어 있는 사물함을 부숴서 열지 않도록 열쇠를 반납할 때 대원들 앞에서 무너질까봐 두려웠다.

알렉은 베를린으로 공습을 나갔을 때 적군의 방어 작전이 무엇인지 알게 되었다. 그는 탐조등 불빛에 발각되었고 빠져나왔지만 그런 행운은 두 번 얻을 수 없다. 주인 여자는 그가 계속해서 그날 밤으로 돌아가게 만들고 있었다. 그리고 지금은 그중에서도 최악의 날, 그가 그날 밤을 앞두고 있던 때였다. 그건 사랑이 아니야, 이저벨은 생각했다. 복수라고 해야겠지.

세상이 물로 변하고 있었다. 이제 그녀는 놓아버릴 수 있었다. 그녀의 머릿속을 다른 사람이 차지할 수 있게 텅 비울 때까지 그녀 자신이 잠기고 쓰러지고 끝없이 가라앉게 내버려둘 것이다……

마이클이 울었다. 작은 저항이지만 아기가 할 수 있는 최대한이었다. 아기는 그녀가 안고 있는 방식이나 알렉이 그렇게 꽉 누르는 것이 마음에 들지 않았다. 아기는 젖병을 원했다. 이저벨은 살며시 몸을 떼어냈다. 그리고 아기를 안은 채 뒤로 물러났다.

"작전수행 보고가 끝난 후에 마을로 갈 필요 없어." 그녀가 말했다. "여기로 오면 돼. 그래도 괜찮을 거야. 내가 알아서 할게. 남편은 내일 형네 집에 소젖짜는 걸 도우러 갈 거야. 일찍 일을 시작할 수 있게 거기 가서 자라고 말해둘게. 여기에는 나와 아기만 있을 거야. 아기 보는 여자애도 집에 보낼게. 밤에 쉬면 아마 좋아할 거야."

"정말이야?"

"응, 정말이야. 여기로 오면 돼. 기다리고 있을게. 괜찮을 거야. 당신이 마을로 가는 것보다 훨씬 더 간단할 거야."

그가 그녀를 보고 미소 지었다. 그녀는 다정함이 숨김없이 드러난 그 미소를 보았다. 아직 아무것도 겪지 못한 소년의 미소 혹은 언젠가 모든 것이 끝날지도 모른다고 믿기 시작한 남자의 미소였다. "정말 사랑해, 알지." 그가 말했다.

"알아."

"이 모든 것만 아니었다면……"

"알아. 괜찮아."

"봐, 애가 좋아."

사실이었다. 마이클은 그들 사이에서 잠이 들었다.

"마음이 깨끗한 아이인가봐." 알렉이 말했다.

"그러면 좋겠어."

두 사람은 자고 있는 아기를 내려다보았다. 그녀는 자신과 마찬가지로 알렉도 아기가 독립적인 존재라는 것을 아는지 궁금했다. 아기는 리지의 것도, 이지의 것도 아니었다. 그는 마이클이었다. 그녀는 그것을 위해 죽을 때까지 싸울 것이다.

"내가 안을게." 알렉이 갑자기 참을 수 없는 충동에 휩싸인 것처럼 말했다.

"안 돼." 그녀가 말했다.

그들은 말이 없었다. 그들 사이에 그것이 있었다. 이제 거의 표면에 떠올라 있었다. 그녀가 안고 있는 생명, 그는 다시 가질 수 없는 생명. 다른 수많은 사람들, 세상은 그들 없이도 채워졌고 계속되었다.

"가야겠어." 알렉이 다시 시계를 흘낏 보면서 말했다. "이제 정말 여기 더 있으면 안 돼."

"먼저 키스해줘."

그들은 재빨리 키스했다. 몇 시간 후 다시 만날 걸 아는 연인들이 나누는 가볍고 건조한 키스였다. 밝은 햇빛 아래 있던 그는 뒤를 돌아 덤불이 무성한 과수원으로 이어지는 그늘진 길로 걸어갔다. 그리고 그 길을 지나 좁은 시골길로 들어갔다. 그녀는 그가 보는 것을 보지 않으려 애썼다. 그저 그가 가는 모습, 그의 금발머리와 그 위에 반짝거리는 햇빛을 지켜보았다. 그는 뒤를 돌아보지 않았다. 그녀는 귀를 기울였다. 아니나다를까, 얼마 후 모터바이크 소리가 들렸다.

"오늘밤 또 나가야 되는데 어쩌지." 필립이 저녁을 먹으며 말했다.

"어디?"

"이든 부인이 아기를 나을 거야. 셋째긴 한데 산모가 마흔이 넘었고 혈압이 걱정스러워."

"알았어."

"아까보다 훨씬 좋아 보이네."

"난 괜찮아. 저기…… 앳킨슨 부인은 좀 어때?"

"똑같아."

따뜻하고 달빛이 가득한 밤이었다. 이저벨이 창문 아래 심어 놓은 스톡에서 진한 향기가 올라왔다. 집안에 있기에는 아까운 밤이었다. 그녀는 요람에서 마이클을 안아올리고 숄로 감쌌다. 잠든 아기의 땀냄새가 났다. 그녀는 아기를 꼭 안고 불을 켜지 않은 채 층계를 내려갔다.

정원은 고요했다. 그녀는 이슬 맺힌 잔디밭을 건너 모과나무를 향해 걸어갔다. 그리고 그 아늑한 곳에 서서 집을 바라보았다. 뒤쪽 과수원에 숨은 쏙독새의 지저귐이 들려왔다. 그녀는 귀를 기울였다. 아기가 깨서 저 소리를 들어보았으면 하는 마음까지 들었다. 따뜻한 공기가 일렁이면서 풀냄새를 흩뿌렸다.

갑자기 쏙독새 소리가 끊겼다. 마치 밤을 뚝 잘라낸 것 같았다. 멀리서 폭풍이 밀려오는 듯 낮게 웅웅거리는 엔진소리가 들려왔다. 그녀는 그 소리를 알았다. 멀린 엔진 소리였다. 남동쪽에서 고동치는 그 소리는 점점 가까워지고 있었다. 정상적인 소리가 아니었다. 그녀는 재빨리 이슬 맺힌 잔디밭을 달렸다. 집에서 점점 멀어져 덤불이 무성한 과수원을 지났다. 그녀는 마이클 위로 웅크리고 유심히 귀를 기울이면서 집을 바라보았다.

달빛이 비친 이저벨의 침실 창문에 한 여자가 나타났다. 여자는 암막커튼을 젖히고 하늘을 올려다보며 서 있었다. 그 여자의 품에 하얀 꾸러미가 보였다. 이저벨처럼 여자도 팔에 아기를 안고 있었다. 천둥 같은 엔진소리가 그들을 찾으며 점점 더 가까워지고 있었다.

얼음 같은 공기가 이저벨의 몸을 쓸고 지나갔다. 그녀의 눈앞에서 투명한 여름 달빛이 두터운 안개에 묻혔다. 이제 겨울, 이른새벽이었다. 두시나 세시쯤인 듯했다. 대원들은 모두 대도시로 나갔다가 지칠 대로 지쳐 돌아오는 중이었다. 그 소리는 랭커스터의 엔진이 손상되었다는 것을 의미했다. 소음은 하늘을 거칠게 할퀴고 땅을 뒤흔들면서 이저벨 쪽으로 다가오며 점점 더 커졌다. 랭커스터는 그녀 뒤편에서 비행장을 향해 내려가고 있었다. 활주로에는 불이 들어왔고 투광 조명이 기다리고 있었다. 그것은 활주로로 점점 다가갔다. 그러나 알렉은 착륙할 수 없었다. 좀 내려가자, 이 개자식아, 그는 말했다. 랭커스터는 그에게 저항했고 활주로를 더듬던 왼쪽 바퀴는 이내 미끄러지듯 스쳐 지나가고 말았다. 두 사람, 그와 레이니가 스로틀을 잡고 앞으로 끝까지 밀어붙이자 K-케이티는 곧 산산조각날 것처럼 무섭게 떨렸다. 남은 엔진 두 개가 비명을 내지르며 고도를 높이려 기를 썼다. 그들은 본부를 지나고 나무 위를 지났다. 그러고 나서 땅이 보였다. 그런데 착륙장치가, 우라질 착륙장치가……

랭커스터가 땅에 다다랐을 때 초록색 뒷문이 달린 잿빛 농장 주택이 폭발했다.

사람들은 그런 재앙에 대해 흔히 말하곤 했다. "적어도 그 사람들은 아무것도 몰랐을 거야." 알렉 주위에서 지옥 같은 폭발이 일어나던 순간, 아마 너무 순식간에 벌어진 일이라서 그는 무언가 느끼기도 전에 소멸해버렸을 것이다. 그러나 누가 알겠는가? 그 사건은 그들 누구의 흔적도 남기지 않았다. 불은 재가 되고 흙이 되고 풀이 되고 꼬리풀과 주홍별꽃이 되어 사라졌다. 다 끝났다.

오랜 시간이 흐른 후 이저벨은 눈을 떴다. 아기를 감쌌던 숄이 그녀의 팔 너머로 흘러내렸다. 그러나 상관없었다. 여름밤이었다. 그녀는 마이클의 맨발을 만져보았다. 따뜻했다. 그녀는 과수원을 뒤덮은 젖은 풀을 헤치고 걸어가 잔디밭에 다다랐다. 또다시 달빛이 투명하게 반짝거렸다. 쏙독새가 지저귀는 소리가 들려왔다. 이제 그녀는 모과나무 아래 달그림자 속에 서서 마이클을 안고 있었다. 공기는 고요했지만 잔디밭에 놓인 묵직한 군복 외투 자락이 너풀거렸다. 마치 밤바람이 그 아래를 걷고 있는 것처럼.

옮긴이의 말

모든 소설은 한 인물이 변화하는 이야기입니다. 변화의 양상은 크게 두 가지, 성장 혹은 추락으로 나눌 수 있을 텐데 주인공이 성장하는 이야기를 이른바 '해피엔딩'이라고 말할 수 있겠지요. 저를 비롯하여 대부분의 독자는 주인공이 추락하는 이야기보다는 성장하는 이야기를 읽고 싶어하는 것 같습니다. 주인공의 추락에서 교훈과 씁쓸한 진실 몇 조각을 건질 수는 있겠지만, 개운한 마무리는 역시 성장과 희망의 드라마일 테니까요.

이 소설의 주인공 이저벨은 몹시 연약한 초보 주부입니다. 외롭지만 외로워하면 안 되니까 자신을 꾸짖고 모든 일에 서툰 본인을 "작고 겁 많은 고양이" 같다고 여깁니다. 장을 보러 가면 드세고 억척스러운 고참 주부들에게 밀려 주눅이 들고, 남편에게 자신이 실제로 느끼는 바를 있는 그대로 말하지 못합니다. 무엇보다 그녀는 늘 추워합니다. 칙칙한 집에 세 들어 살고 있고 석탄이 부족한 탓도 있지만, 어쩐지 그녀가 심리적으로 위축되어 있고 자기 자리를 찾지 못하고 있어서 더 추워하는 것처럼 느껴집니다. 사람은 자신이 초라하게 느껴질 때 활기를 잃고 더 가라앉곤 하잖아요.

사람이 변화하려면 좋은 것이든 나쁜 것이든 자극이 필요합니다. 저는 '타격'이나 '충격'이라는 표현도 좋아합니다. 힘이 가해져야 관성에서 벗어나 어느 방향으로든 움직이게 됩니다. 소설에서는 그런 계기를 '사건'이라고 부르지요. 이저벨에게 일어난 사건은 상식적으로 설명할 수 없는 일입니다. 환상이라고 할 수도, 빙의라고 할 수도 있을 겁니다. 이저벨은 공군 장교의 제복 외투 한 벌을 발견하게 되면서 현실이 아닌 세계를 넘나들게 됩니다. 낯선 남자가 찾아오고 자신이 살지 않은 삶의 기억을 알게 됩니다. 현실과 비현실이 섞이고 그 결과, 현실을 초월한 어떤 것이 생겨납니다. 저에게 그것은 헤어나올 수 없는 깊은 슬픔 같은 것으로 느껴졌는데, 놀랍게도 이저벨은 그 안에서 생명력과 삶의 의지를 발견합니다. 갈대처럼 흔들리던 그녀가 그렇게나 단단한 사람으로 변화하게 됩니다.

살아갈수록 마무리가 중요하다는 생각을 자주 합니다. 한번 일어난 욕구는 어떻게든 해소되어야 하고 일단 생긴 문제는 죽이 되든 밥이 되든 해결을 지어야 합니다. 풀지 못한 욕구와 문제는 마음을 멍들게 하고, 더 심해지면 한이 되어 끈덕지게 따라다닙니다. 한 여인의 아물지 않은 상처가 죽은 자를 죽지 못하게 하고 이토록 떠돌게 만들었잖아요. 안타까운 일입니다. 본문에 죽은 자들을 "대신할 사람들"이 필요하다는 대목이 나와요. 아마도 앳킨슨 부인에게는 그래서 이저벨이 필요했던 모양입니다. 혼자 힘으로는 도저히 벗어날 수 없었기에.

누구나 인생에서 무력해지고 취약해질 때가 있습니다. 그래서 다른 사람이 필요합니다. 그렇게 한 세계와 다른 세계가 교차하고 생각지 못한 사건이 벌어집니다. 누군가는 마무리를 짓고 또 다른 사람은 새로운 시작을 향해 나아갑니다. 삶은 서로가 서로에게 영향을 미치는 일의 연속이고 얽히고설킨 관계 그 자체라는 생각이 듭니다. 사건과 관계에 반응하는 방식이 삶을 구성합니다. 관계의 그물망 바깥에 있는 사람은 아무도 없습니다. 망의 구멍이 조금 더 성기든지 촘촘하든지 차이가 있을지언정 모든 인간은 관계 속에서 살아갑니다.

이저벨의 남편 필립은 환자밖에 모르는 성실한 의사입니다. 아내 이저벨을 사랑하지만 그녀가 알아서 잘 적응하고 즐겁게 살아가기를 바랍니다. 그의 삶은 주로 의사로서 환자들과 맺는 관계에 초점이 맞춰져 있습니다. 집주인 앳킨슨 부인은 이미 종결된 과거의 관계 속에서 살아갑니다. 물론 이런 삶이 가능한 것은 그녀의 마음속에서는 관계가 종결되지 않았기 때문이지요. 역시 마무리를 제대로 못하면 그녀처럼 허깨비로 살게 됩니다. 남편이 속한 현실세계와 앳킨슨 부인이 속한 비현실세계 모두에 걸쳐 있는 이저벨은 '사이에 낀 자'답게 한동안 심히 혼란스러워합니다. 그러나 결국 두 세계를 초월하여, 혹은 절충하여 자기만의 삶의 의미를 발견합니다. 그래서 저는 이 소설이 궁극적으로 이저벨이 성장하는 이야기라고 생각합니다.

영어로 소설은 'novel', 새로운 이야기지만 한자로 쓰면 '小說', 작은 이야기가 됩니다. 이 작품도 어떻게 보면 참 작은 이야기입니다. 2차대전이라는 무겁고 거대한 소재를 녹여 넣었기는 하지만, 작은 여자 한 사람이 작게작게 성장하는 이야기입니다. 대부분 서민인 우리 개개인이 살아가는 모습도 참 작지 않나요. 다음 끼니에 무얼 먹을까 고민하고, 별것 아닌 말 한마디에 마음을 다치는가 하면, 기분을 전환시켜주는 소소한 물건 하나에 기뻐합니다. 그러나 작은 일상이 켜켜이 쌓여 삶이라는 덩어리가 되면, 결코 작지 않은 무거운 실체가 되는 것 같아요. 그래서 이저벨의 이 작은 이야기를 다 읽고 나서도, 뭔가 묵직한 감정이 마음 밑바닥에 깔리는 느낌이었습니다.

유난히 춥게 느껴질 겨울에 잘 어울릴 듯한 소설입니다. 인간이 가진 상상할 수 있는 힘을 충분히 가동한다면, 책 읽는 동안 종종 소름이 돋거나 오한이 날 수 있습니다. 훈훈한 방안에서 따뜻한 마실 거리와 함께 읽으시길 바랍니다. 하늘에 전투기 대신 구름이 떠 있는 우리 일상의 평화가 참으로 소중하고 감사합니다.

윤미나

지은이 **헬렌 던모어**
영국의 시인, 소설가. 장편 『어둠 속의 제너』(1993)로 맥키트릭문학상을, 『겨울의 주문』(1995)으로 오렌지문학상을 수상했다. 영국 왕립문학회 회원이었으며 영국 교과서에 작품이 실리기도 했다. 말기암 판정 이후 집필한 작품 『버드케이지 워크』(2017)가 던모어의 마지막 장편소설이다. 마지막 시집 『파도의 내부』(2017)로 코스타 북 어워드 시 부문과 올해의 책 부문을 수상했다.

옮긴이 **윤미나**
고려대 영어영문학과를 졸업했으며, 현재 출판번역가로 활동중이다. 지은 책으로 『굴라쉬 브런치』가 있으며, 옮긴 책으로 『씨씨 허니컷 구하기』 『그녀의 세번째 이름』 『운명은 제 갈 길을 찾을 것이다』 『꼭두각시 인형과 교수대』 『겨자 빠진 훈제청어의 맛』 『그림자라면 지긋지긋해』 『디센던트』 『불평하라』 『사랑을 쓰다』 등이 있다.

문학동네 세계문학
외투

초판 인쇄 2021년 1월 18일 | 초판 발행 2021년 1월 29일

지은이 헬렌 던모어 | 옮긴이 윤미나

책임편집 정혜림 | 편집 임선영 이현정
디자인 엄자영 이원경 | 저작권 한문숙 김지영 이영은
마케팅 정민호 정진아 김혜연 정유선
홍보 김희숙 김상만 이소정 이미희 함유지 김현지 박지원
제작 강신은 김동욱 임현식 | 제작처 상지사

펴낸곳 (주)문학동네 | 펴낸이 염현숙
출판등록 1993년 10월 22일 제406-2003-000045호
주소 10881 경기도 파주시 회동길 210
전자우편 editor@munhak.com | 대표전화 031) 955-8888 | 팩스 031) 955-8855
문의전화 031) 955-8896(마케팅) 031) 955-8861(편집)
문학동네카페 http://cafe.naver.com/mhdn | 트위터 @munhakdongne
북클럽문학동네 http://bookclubmunhak.com

ISBN 978-89-546-7709-7 03840

잘못된 책은 구입하신 서점에서 교환해드립니다.
기타 교환 문의 031) 955-2661, 3580

www.munhak.com